O CAVALEIRO
INEXISTENTE

ITALO CALVINO

O CAVALEIRO INEXISTENTE

Tradução
Nilson Moulin

22ª reimpressão

Copyright © by Espólio de Italo Calvino, 2002
Proibida a venda em Portugal

Grafia atualizada segundo o Acordo Ortográfico da Língua Portuguesa de 1990, que entrou em vigor no Brasil em 2009.

Título original
Il cavaliere inesistente

Capa
Jeff Fisher

Preparação
Márcia Copola

Revisão
Renato Potenza Rodrigues
José Muniz Jr.

Dados Internacionais de Catalogação na Publicação (CIP)
(Câmara Brasileira do Livro, SP, Brasil)

Calvino, Italo. 1923-1985.
 O cavaleiro inexistente / Italo Calvino ; tradução Nilson Moulin.
— 1ª ed. — São Paulo : Companhia das Letras, 2005.

Título original: Il cavaliere inesistente.
ISBN 978-85-359-0679-0

1. Romance italiano I. Título.

05-4402	CDD-853

Índice para catálogo sistemático:
l. Romances : Literatura italiana 853

Todos os direitos desta edição reservados à
EDITORA SCHWARCZ S.A.
Rua Bandeira Paulista, 702, cj. 32
04532-002 — São Paulo — SP
Telefone: (11) 3707-3500
www.companhiadasletras.com.br
www.blogdacompanhia.com.br

O CAVALEIRO
INEXISTENTE

1

SOB AS MURALHAS VERMELHAS DE PARIS perfilava-se o exército da França. Carlos Magno ia passar em revista os paladinos. Encontravam-se ali havia mais de três horas; fazia calor, era uma tarde de começo de verão, meio encoberta, nebulosa; quem usava armadura fervia como se estivesse em panelas em fogo baixo. É provável que, naquela fila imóvel de cavaleiros, alguém já houvesse perdido os sentidos ou cochilasse, mas a armadura os mantinha empertigados na sela de modo uniforme. De repente, três agudos de corneta: as plumas dos penachos agitaram-se pelo ar parado como depois de uma rajada de vento, e logo silenciou aquela espécie de rumor do mar que se ouvira até então, e era, deu para sentir, um ressoar das gargantas metálicas dos elmos. Finalmente, vislumbraram-no avançando lá do fundo, Carlos Magno, num cavalo que parecia maior que o natural, com a barba no peito, as mãos no arção da sela. Reina e guerreia, guerreia e reina, faz e desfaz, parecia um tanto envelhecido, desde a última vez que aqueles guerreiros o tinham visto.

Parava o cavalo diante de cada oficial e virava-se para examiná-lo de alto a baixo.

— E quem é você, paladino da França?

— Salomon da Bretanha, sire! — respondia o militar a plenos pulmões, erguendo a viseira e mostrando o rosto afogueado; e acrescentava alguma informação prática, do tipo: — Cinco mil cavaleiros, três mil e quinhentos soldados de infantaria, mil e oitocentos ajudantes, cinco anos de campanhas.

— Mão firme com os bretões, paladino! — dizia Carlos, e, toc-toc, toc-toc, aproximava-se de outro chefe de esquadrão.

— E-quem-é-você, paladino da França? — recomeçava.

— Ulivieri de Viena, sire! — escandiam os lábios assim que

a grade do elmo se erguia. E direto: — Três mil cavaleiros escolhidos, tropa de sete mil homens, vinte máquinas de assédio. Vencedor do pagão Fierabraccia, graças a Deus e para maior glória de Carlos, rei dos francos!

— Muito bem, bravo vienense — dizia Carlos Magno; e aos oficiais do séquito: — Muito magrinhos aqueles cavalos, aumentem-lhes a ração. — E seguia adiante: — E-quem-é-você, paladino da França? — repetia, sempre com a mesma cadência: "Tata-tatatai-tata-tata-tatata...".

— Bernardo de Montpellier, sire! Vencedor de Brunamonte e Galiferno.

— Linda cidade, Montpellier! Cidade das belas mulheres! — E dirigindo-se ao séquito: — Vamos tratar de promovê-lo. — Todas coisas que, ditas pelo rei, dão prazer, mas eram sempre as mesmas frases, há tantos anos.

— E-quem-é-você, com esse brasão que me é familiar? — Conhecia a todos pela arma que traziam no escudo, sem que dissessem nada, mas o costume impunha que fossem eles a revelar o nome e o rosto. Se fosse de outro modo, alguém, tendo coisa melhor para fazer do que participar da revista, poderia mandar para lá sua armadura com outro dentro.

— Alardo de Dordona, do duque Amone...

— Força, Alardo, lembranças ao papai — e assim por diante. "Tata-tatatai-tata-tata-tatata..."

— Gualfré de Mongioja! Oito mil cavaleiros exceto os mortos!

Ondulavam os penachos. "Uggeri Dinamarquês! Namo da Baviera! Palmerino da Inglaterra!"

Caía a noite. Os rostos, entre o bocal e a gola, já não se distinguiam muito bem. Cada palavra, cada gesto era perfeitamente previsível, como tudo naquela guerra que durava tantos anos, cada embate, cada duelo, conduzido sempre conforme as mesmas regras, de tal modo que se sabia na véspera quem havia de ganhar, perder, tornar-se herói, velhaco, quem acabaria com as tripas de fora e quem se safaria com uma queda do cavalo e a bunda no chão. Sobre as couraças, durante a noite, à luz das tochas, os ferreiros martelavam sempre as mesmas amassaduras.

— E você? — O rei chegara à frente de um cavaleiro com a armadura toda branca; só uma tirinha negra fazia a volta pelas bordas; no mais era alva, bem conservada, sem um risco, bem-acabada em todas as juntas, encimada no elmo por um penacho de sabe-se lá que raça de galo oriental, cambiante em cada nuance do arco-íris. No escudo, exibia-se um brasão entre duas fímbrias de um amplo manto drapejado, e dentro do manto abriam-se outros dois panejamentos tendo no meio um brasão menor, que continha mais um brasão amantado ainda menor. Com desenho sempre mais delicado representava-se uma sequência de mantos que se entreabriam um dentro do outro, e no meio devia estar sabe-se lá o quê, mas não se conseguia discernir, tão miúdo se tornava o desenho. — E você aí, que se mantém tão limpo... — disse Carlos Magno, que, quanto mais durava a guerra, menos respeito pela limpeza encontrava nos paladinos.

— Eu sou — a voz emergia metálica do interior do elmo fechado, como se fosse não uma garganta mas a própria chapa da armadura a vibrar, e com um leve eco — Agilulfo Emo Bertrandino dos Guildiverni e dos Altri de Corbentraz e Sura, cavaleiro de Selimpia Citeriore e Fez!

— Aaah... — fez Carlos Magno, e do lábio inferior, alongado para a frente, escapou-lhe também um pequeno silvo, como quem diz: "Se tivesse de lembrar o nome de todos estaria frito!". Mas logo franziu as sobrancelhas. — E por que não levanta a celada e mostra o rosto?

O cavaleiro não fez nenhum gesto; sua direita enluvada com uma manopla férrea e bem encaixada cerrou-se mais ainda ao arção da sela, enquanto o outro braço, que regia o escudo, pareceu ser sacudido por um arrepio.

— Falo com o senhor, ei, paladino! — insistiu Carlos Magno. — Como é que não mostra o rosto para o seu rei?

A voz saiu límpida da barbela.

— Porque não existo, sire.

— Faltava esta! — exclamou o imperador. — Agora temos na tropa até um cavaleiro que não existe! Deixe-nos ver melhor.

Agilulfo pareceu hesitar um momento, depois com mão firme e lenta ergueu a viseira. Vazio o elmo. Na armadura branca com penacho iridescente não havia ninguém.

— Ora, ora! Cada uma que se vê! — disse Carlos Magno. — E como é que está servindo, se não existe?

— Com força de vontade — respondeu Agilulfo — e fé em nossa santa causa!

— Certo, muito certo, bem explicado, é assim que se cumpre o próprio dever. Bom, para alguém que não existe está em excelente forma!

Agilulfo era o último da fila. O imperador terminara a revista; girou o cavalo e afastou-se rumo ao acampamento real. Já velho, tendia a eliminar da mente as questões complicadas.

A corneta deu o toque de "avançar". Houve o habitual debandar de cavalos, e a grande floresta de lanças dobrou-se, moveu-se em ondas como um campo de trigo tocado pelo vento. Os cavaleiros desciam da sela, moviam as pernas para espantar o torpor, os escudeiros conduziam as montarias pelas rédeas. Depois, da mixórdia e da poeira destacaram-se os paladinos, agrupados em pequenos abrigos cobertos por penachos coloridos, dando vazão à imobilidade forçada naquelas horas em brincadeiras e em bravatas, em intrigas sobre mulheres e honra.

Agilulfo deu alguns passos para misturar-se a um daqueles abrigos, depois sem motivo foi para outro, mas não se ambientou e ninguém ligou para ele. Permaneceu um pouco indeciso às costas de um e de outro, sem participar dos diálogos, depois colocou-se à parte. Anoitecia; no penacho, as plumas irisadas agora pareciam ter uma única cor indistinta; mas a armadura branca despontava isolada em meio ao prado. Agilulfo, como se de repente se sentisse nu, fez o gesto de cruzar os braços e encolher os ombros.

Em seguida, sacudiu-se e, com passadas largas, dirigiu-se para as estalagens. Lá chegando, soube que os cuidados com os animais não se realizavam segundo as regras, gritou com os cavalariços, distribuiu punições aos que mereciam, inspecionou todos os turnos de corveia, redistribuiu as tarefas explicando minuciosamente a cada um como deveriam ser executadas e pediu que repetissem o que dissera para confirmar se haviam entendido bem. E, como a cada momento vinham à tona as negligências no serviço dos colegas paladinos, chamava-os um por um, retirando-os das doces conversas ociosas da noitada, e contestava com discrição e firme exatidão as faltas deles, e obrigava um a fazer piquete, outro a entrar na escolta, um terceiro na patrulha e assim por diante. Tinha sempre razão, e os paladinos não conseguiam escapar, mas não ocultavam seu descontentamento. Agilulfo Emo Bertrandino dos Guildiverni e dos Altri de Corbentraz e Sura, cavaleiro de Selimpia Citeriore e Fez era certamente um modelo de soldado; porém, antipático a todos.

2

A NOITE, PARA OS EXÉRCITOS ACAMPADOS, é regulada como o céu estrelado: os turnos de guarda, o oficial de sentinela, as patrulhas. Todo o resto, a perpétua confusão do exército em guerra, o formigueiro diurno no qual o imprevisto pode se manifestar como a fúria de um cavalo, agora silencia, pois o sono venceu a todos: guerreiros e quadrúpedes da cristandade, estes enfileirados e em pé, às vezes esfregando um casco no chão ou emitindo um breve relincho ou zurrando, aqueles finalmente livres dos elmos e das couraças, satisfeitos por se tornarem seres humanos distintos e inconfundíveis, ali estão todos roncando em uníssono.

Por outro lado, no acampamento dos infiéis, tudo igual: os mesmos passos de sentinelas para a frente e para trás, o militar no comando que vê escorrer os últimos grãos de areia da ampulheta e vai despertar os homens para o turno, o oficial que aproveita a noite de vigia escrevendo para a mulher. E as patrulhas cristãs e infiéis avançam ambas meia milha, chegam quase até o bosque mas depois dão meia-volta, uma aqui e outra ali sem se encontrar nunca, voltam às bases para informar que está tudo em paz e vão dormir. As estrelas e a lua passeiam silenciosas sobre os campos adversários. Em nenhum lugar se dorme tão bem como no exército.

Somente Agilulfo não conseguia esse alívio. Na armadura branca, completamente equipada, no interior de sua tenda, uma das mais ordenadas e confortáveis do acampamento cristão, tentava manter-se deitado e continuava pensando: não os pensamentos ociosos e divagantes de quem está para pegar no sono, mas sempre raciocínios determinados e exatos. Pouco depois, erguia-se sobre um cotovelo: necessitava de alguma ocupação manual, como lustrar a espada, que já era bem brilhante, ou passar graxa nas juntas da armadura. Não durava muito: logo se levantava, logo deixava a tenda, empunhando lança e escudo, e sua sombra esbranquiçada percorria o acampamento. Das tendas em forma de cone erguia-se o concerto do pesado arfar dos adormecidos. Como era possível aquele fechar de olhos, aquela perda de consciência de si próprio, aquele afundar num vazio das próprias horas e depois, ao despertar, descobrir-se igual a antes, juntando os fios da própria vida, Agilulfo não conseguia saber, e sua inveja da faculdade de dormir característica das pessoas existentes era uma inveja vaga, como de algo que não se pode nem mesmo conceber. Incomodava-o e inquietava-o mais que tudo ver pés descalços que despontavam aqui e ali da entrada das tendas, os dedões apontando para cima: durante o sono, o acampamento era o reino dos corpos, uma exposição de velha carne de Adão, cheirando ao vinho bebido e ao suor da jornada de lutas; ao passo que no umbral dos pavilhões jaziam descompostas as armaduras vazias, que os escudeiros e os fâmulos, de manhã, lustrariam e deixariam tinindo. Agilulfo passava, atento, nervoso, hierático: o corpo das pessoas que tinham um corpo de verdade dava-lhe um mal-estar semelhante à inveja, mas também uma sensação que era de orgulho, de desdenhosa superioridade. Ali estavam os colegas tão falados, os gloriosos paladinos; o que eram? A armadura, testemunho de seu grau e nome, das façanhas executadas, da potência e do valor, ei-la reduzida a um invólucro, a uma ferragem vazia; e aquele pessoal roncando, o rosto amassado no travesseiro, um fio de baba descendo dos lábios abertos. Menos ele, não era possível decompô-lo em pedaços, desmembrá-lo: era e permanecia em cada momento do dia e da noite Agilulfo Emo Bertrandino dos Guildiverni e dos Altri de Corbentraz e Sura, armado cavaleiro de Selimpia Citeriore e Fez no dia tal, tendo para maior glória das armas cristãs realizado as ações tais e tais e tais, assumido no exército do imperador Carlos Magno o comando de tais tropas e daquelas outras. E possuidor da armadura mais linda e imaculada de todo o campo, dele inseparável. E melhor oficial do que muitos que se vangloriam de feitos por demais ilustres; até mesmo o melhor de todos os oficiais. E, ainda assim, passeava infeliz pela noite.

Ouviu uma voz:

— Senhor oficial, peço desculpas, mas quando é que muda o turno? Me plantaram aqui há três horas! — Era uma sentinela que se apoiava na lança como se sofresse de cólicas violentas.

Agilulfo nem se virou; disse:

— Engano seu, não sou o oficial de vigia. — E seguiu adiante.

— Perdão, senhor oficial. Vendo-o circular por aqui, pensei que...

A menor falha no serviço dava a Agilulfo a mania de controlar tudo, encontrar outros erros e negligências na ação alheia; sofria duramente por tudo o que era malfeito, que estava fora do lugar... Mas, não sendo atribuição dele fazer uma inspeção assim àquela hora, também sua interferência seria considerada um despropósito, até uma indisciplina. Agilulfo tratava de conter-se, limitar o interesse a questões particulares de que teria de cuidar no dia seguinte, como a organização de certos suportes de armas onde se guardavam as lanças ou os dispositivos para manter seco o feno... mas sua sombra branca terminava sempre por perturbar o militar na chefia, o oficial em serviço, a patrulha que revistava a adega procurando umas garrafinhas de vinho que tivessem sobrado da noite anterior... Todas as vezes, Agilulfo passava por um momento de incerteza, se devia comportar-se como quem sabe impor apenas com sua presença o respeito pela autoridade ou como quem, estando onde não tem razões para estar, dá um passo atrás, discreto, e finge não estar ali. Nessa incerteza, parava, pensativo: e não conseguia tomar nenhuma atitude; só sentia que incomodava a todos e gostaria de fazer algo para estabelecer uma relação qualquer com o próximo, por exemplo, começar a dar ordens, dizer impropérios dignos de um caporal, ou provocar e dizer palavrões como se faz entre companheiros de pensão. Ao contrário, murmurava alguns cumprimentos ininteligíveis, com uma timidez mascarada de soberba, ou então uma soberba atenuada pela timidez, e seguia adiante; mas ainda achava que alguém lhe dirigia a palavra e mal se virava, dizendo:

"Hein?", porém logo se convencia de que não era com ele que falavam e ia embora como se fugisse.

Caminhava nos limites do acampamento, em lugares solitários, por morros despojados. A noite calma era atravessada apenas pelo voo suave de sombras informes com asas silenciosas, que se moviam por ali sem nenhuma direção definida: os morcegos. Mesmo aquele seu miserável corpo impreciso entre o rato e o volátil era sempre algo de tangível e seguro, alguma coisa que podia se sacudir pelos ares de boca aberta engolindo pernilongos, ao passo que Agilulfo com toda aquela couraça era atravessado em cada fissura por sopros de vento, pelo voo dos insetos e dos raios de lua. Uma raiva indeterminada, que lhe crescera dentro, explodiu de repente: desembainhou a espada, agarrou-a com as duas mãos, brandiu-a no alto com todas as forças contra cada morcego que se abaixava. Nada: continuavam seu voo sem princípio nem fim, tocados apenas pelas deslocações de ar. Agilulfo desferia um golpe atrás do outro; já nem tentava atingir os morcegos; seus movimentos cortantes seguiam trajetórias mais regulares, ordenavam-se segundo os modelos da esgrima com espadão; acontece que Agilulfo começara a fazer exercícios como se estivesse treinando para o próximo combate e expunha a teoria das travessas, das paradas, das fintas.

Estacou de repente. Um jovem surgira de uma sebe, ali no alto, e o fixava. Trazia só uma espada e tinha o peito protegido por uma leve couraça.

— Oh, cavaleiro! — exclamou. — Não queria interrompê-lo! Está treinando para a batalha? Porque vai mesmo começar ao amanhecer, não? Permite que treine junto com o senhor? — E após um silêncio: — Cheguei ao acampamento ontem... Será minha primeira batalha... É tudo tão diferente do que imaginava...

Então Agilulfo ficou de lado, a espada contra o peito, braços cruzados, cerrado atrás do escudo.

— As orientações para um eventual choque armado, deliberadas pelo comando, são comunicadas aos senhores oficiais e à tropa uma hora antes do início das operações — informou.

O jovem ficou meio confuso, como travado em seu entusiasmo, porém, vencido um leve gaguejar, recomeçou, com o ânimo de antes:

— É que eu, sabe, acabei de chegar... para vingar meu pai... E gostaria que me dissessem, vocês, veteranos, por favor, como devo agir para enfrentar aquele cão, o pagão emir Isoarre, sim, exatamente ele, e romper-lhe a lança nas costelas, tal como ele fez com meu heroico pai, que Deus tenha sempre em sua glória, o defunto marquês Gherardo de Rossiglione!

— É muito simples, jovem — disse Agilulfo, e agora também na sua voz havia certo calor; o calor de quem, conhecendo as minúcias de regulamentos e normas, aprecia demonstrar a própria competência e igualmente questionar a falta de preparo dos outros —, deve fazer um pedido à Superintendência para Duelos, Vinganças e Máculas à Honra, especificando os motivos da solicitação, e será estudada a melhor maneira de colocá-lo em condições de ter seu desejo satisfeito.

O rapaz, que esperava pelo menos um sinal de reverência admirada ao nome do pai, ficou mortificado mais pelo tom do que pelo conteúdo do discurso. Depois tratou de refletir sobre as palavras que o cavaleiro lhe dissera, porém para negá-las de novo dentro de si e manter vivo seu entusiasmo.

— Mas, cavaleiro, não é com superintendências que me preocupo, o senhor me compreende, é porque me pergunto se vou manter na batalha a coragem que sinto, a sanha que daria para destripar não apenas um mas cem infiéis, e também minha valentia nas armas, pois sou bem adestrado, sabe? Mas, no meio daquela grande confusão, antes de jazer no chão, não sei... Se não encontrar aquele cão, se fugir de mim, gostaria de saber como se faz num caso destes, diga-me, cavaleiro, quando na batalha está em causa uma questão nossa, uma questão absoluta para nós e só para cada um de nós...

Agilulfo respondeu seco:

— Sigo rigorosamente as orientações. Faça assim também que tudo vai dar certo.

— Desculpe — disse o rapaz, e ficou ali todo teso —, não

queria importuná-lo. Gostaria de fazer alguns exercícios de espada com o senhor, com um paladino! Porque, é bom que saiba, na esgrima sou bom, mas às vezes, de manhã cedo, os músculos estão meio entorpecidos, frios, não respondem como gostaria. Acontece o mesmo com o senhor?

— Comigo não — garantiu Agilulfo, e já lhe dava as costas, ia embora.

O jovem tomou o rumo dos acampamentos. Era a hora incerta que precede o amanhecer. Notava-se entre os pavilhões um começo de movimento de pessoas. Já antes da alvorada os estados-maiores estavam de pé. Nas tendas dos comandos e dos intendentes acendiam-se as tochas, contrastando com a meia-luz que filtrava pelo céu. Era de fato um dia de batalha aquele que despontava, conforme os comentários desde a noite anterior? O recém-chegado fora tomado pela excitação, mas uma excitação diferente daquela que imaginara, daquela que o conduzira até ali; ou melhor: era uma ânsia de reencontrar terra sob os pés, agora que parecia que tudo o que tocava soava vazio.

Encontrava paladinos já fechados em suas couraças, nos esféricos elmos emplumados, o rosto coberto pela celada. O jovem virava-se para observá-los e tinha vontade de imitar a postura deles, o modo orgulhoso de mover-se em volta da cintura, couraça elmo espaldar como se fosse tudo uma coisa só. Ei-lo entre os paladinos invencíveis, pronto para a emulação da batalha, armas em punho, a ponto de tornar-se um deles! Mas os dois que ele estava seguindo, em vez de montar a cavalo; acomodaram-se a uma mesa cheia de mapas: certamente eram dois grandes comandantes. O rapaz correu para apresentar-se a eles:

— Sou Rambaldo de Rossiglione, aspirante a cavaleiro, do falecido marquês Gherardo! Vim alistar-me para vingar meu pai, morto como herói sob as muralhas de Sevilha!

Os dois levam as mãos ao elmo emplumado, erguem-no separando o barbote do gorjal e o colocam na mesa. E debaixo dos elmos surgem duas calvas, douradas, dois rostos com a pele meio mole, cheia de rugas, e com bigodes ralos: duas caras de escrivães, de velhos funcionários rabiscadores de papel.

— Rossiglione, Rossiglione — repetem, mexendo em certos rolos com dedos úmidos de saliva. — Mas se já o alistamos ontem! Que mais quer? Por que não está com o seu batalhão?

— Nada, não sei, esta noite não consegui pegar no sono, a ideia da batalha, tenho de vingar meu pai, tenho de matar o emir Isoarre e assim procurar... Pronto: a Superintendência para Duelos, Vinganças e Máculas à Honra, onde é que fica?

— Este aqui, nem acabou de chegar, veja só o que está inventando! Mas o que sabe da superintendência?

— Explicou-me aquele cavaleiro, como se chama, o da armadura toda branca...

— Ufa! Só faltava ele! Imaginem se não havia de meter em toda a parte o nariz que nem tem!

— Como? Não tem nariz?

— Já que não pega sarna — comentou o outro atrás da mesa —, não acha nada melhor do que coçar a sarna dos outros.

— E por que não pega sarna?

— E onde quer que a pegue se não tem nenhum lugar disponível? Ele é um cavaleiro que não existe...

— Mas como não existe? Eu o vi! Era de verdade!

— O que viu? Ferragem... É alguém que existe sem existir, entende, aprendiz?

O jovem Rambaldo jamais teria imaginado que as aparências pudessem revelar-se tão enganadoras: desde que chegara ao acampamento descobrira que tudo era tão diferente do que parecia...

— Então, no exército de Carlos Magno é possível ser cavaleiro com todos os nomes e títulos e além disso combatente destemido e zeloso oficial, sem necessidade de existir!

— Calma lá! Ninguém foi tão longe: no exército de Carlos Magno é possível etc. Dissemos apenas: em nosso regimento, há um cavaleiro assim ou assado. Isso é tudo. O que possa existir ou não em geral não nos interessa. Deu para entender?

Rambaldo dirigiu-se ao pavilhão da Superintendência para Duelos, Vinganças e Máculas à Honra. Já não se deixava enganar pelas couraças e elmos emplumados: percebia que atrás daquelas mesas as armaduras encerravam homenzinhos mirrados e poeirentos. E se devia agradecer quando havia alguém dentro!

— Com que então, quer vingar seu pai, marquês de Rossiglione, patente de general! Vejamos: para vingar um general, o melhor procedimento é eliminar três majores. Poderíamos indicar-lhe três fáceis e tudo em ordem para você.

— Não me expliquei bem: quem devo matar é Isoarre, o emir. Foi ele em pessoa quem derrubou meu glorioso pai!

— Sim, sim, entendemos, mas você não se iluda porque derrubar um emir não é coisa simples... Quer quatro capitães? Podemos garantir-lhe quatro capitães infiéis durante a manhã. Note que quatro capitães valem um general de exército e seu pai era apenas general de brigada.

— Vou procurar Isoarre e arrancar-lhe as tripas! Ele, e só ele!

— Você vai acabar preso, sem ir ao campo de batalha, pode ter certeza! Reflita um pouco antes de falar! Se criamos obstáculos em relação a Isoarre é porque temos boas razões... Se, por exemplo, o nosso imperador tivesse alguma negociação em curso com Isoarre...

Mas um dos funcionários que até aquele momento mantivera a cabeça enfiada nos mapas levantou-se contente:

— Tudo resolvido! Tudo resolvido! Não é preciso fazer nada. Nada de vingança, nem é preciso! Outro dia, Ulivieri, pensando que seus dois tios haviam morrido em combate, vingou-os! Contudo, eles estavam bêbados debaixo de uma mesa! Acabamos ficando com duas vinganças de tio a mais, uma boa trapalhada. Agora está tudo certo: uma vingança de tio podemos contar como meia vingança de pai; é como se tivéssemos uma vingança de pai completa, já executada.

— Ah, meu pai! — Rambaldo quase tinha um ataque.

— Mas o que tem você?

Acabara de soar a alvorada. O acampamento, com as primeiras luzes, pululava de homens armados. Rambaldo gostaria de ter se misturado com aquela multidão que pouco a pouco tomava a forma de pelotões e companhias incorporadas, mas tinha a impressão de que aquele bater de ferros era como um vibrar de élitros de insetos, um crepitar de invólucros secos. Muitos dos guerreiros estavam fechados no elmo e na couraça até a cintura, e sob os flancos e os protetores dos rins despontavam as pernas com calças e meias porque deixavam para colocar coxotes, perneiras e joelheiras quando já estivessem montados. As pernas, sob aquele tórax de aço, pareciam mais finas, como patas de grilo; e a maneira como se moviam, falando, as cabeças redondas e sem olhos, e também o modo de manter dobrados os braços pesados de cubitais e manoplas parecia coisa de grilo ou de formiga; e, assim, toda aquela azáfama lembrava um zumbido indistinto de insetos. No meio deles, os olhos de Rambaldo procuravam algo: era a armadura branca de Agilulfo que ele esperava reencontrar, talvez porque sua aparição teria tornado mais concreto o resto do exército, ou então porque a presença mais sólida com que ele se deparara havia sido justamente a do cavaleiro inexistente.

Localizou-o debaixo de um pinheiro, sentado no chão, arrumando as pequenas pinhas caídas segundo um desenho regular, um triângulo isósceles. Na hora do alvorecer, Agilulfo precisava sempre dedicar-se a um exercício de precisão: contar objetos, ordená-los em figuras geométricas, resolver problemas de aritmética. É a hora em que as coisas perdem a consistência de sombra que as acompanhou durante a noite e readquirem pouco a pouco as cores, mas nesse meio tempo atravessam uma espécie de limbo incerto, somente tocado e quase envolto em halo pela luz: a hora em que se tem menos certeza da existência do mundo. Ele, Agilulfo, sempre necessitara sentir-se perante as coisas como uma parede maciça à qual contrapor a tensão de sua vontade, e só assim conseguia manter uma consciência segura de si. Porém, se o mundo ao redor se desfazia na incerteza, na ambiguidade, até ele sentia que se afogava naquela penumbra macia, não conseguia mais fazer florescer do vazio um pensamento distinto, um assomo de decisão, uma obstinação. Ficava mal: eram aqueles os momentos em que se sentia pior; por vezes, só às custas de um esforço extremo conseguia não dissolver-se. Aí, punha-se a contar:

folhas, pedras, lanças, pinhas, o que lhe surgisse pela frente. Ou então colocava tudo em fila, arrumado em quadrados ou em pirâmides. Dedicar-se a essas ocupações exatas permitia-lhe vencer o mal-estar, absorver o desprazer, a inquietude e o marasmo, e retomar a lucidez e compostura habituais.

Assim observou-o Rambaldo, enquanto com movimentos absortos e rápidos dispunha as pinhas em triângulo, depois em quadrados ao lado do triângulo e somava com obstinação as pinhas dos quadrados dos catetos, confrontando-as com as do quadrado da hipotenusa. Rambaldo compreendia que aqui tudo caminhava mediante rituais, convenções, fórmulas, e por baixo disso, o que havia por baixo? Sentia-se presa de uma angústia indefinível, sabendo-se fora de todas aquelas regras do jogo... Mas, afinal, sua própria decisão de vingar a morte do pai, até esse ardor de combater, de alistar-se entre os guerreiros de Carlos Magno, não seria também um ritual para não mergulhar no nada, como aquele tira e põe pinhas do cavaleiro Agilulfo? E, oprimido pela perturbação de tão inesperadas questões, o jovem Rambaldo jogou-se no chão e desatou a chorar.

Sentiu alguma coisa pousar-lhe nos cabelos, a mão de alguém, mão de ferro, porém leve. Agilulfo estava ajoelhado junto a ele.

— O que tem, jovem? Por que chora?

Os estados de perda ou de desespero ou de furor nos outros seres humanos davam imediatamente a Agilulfo uma calma e uma segurança perfeitas. Sentir-se imune aos sobressaltos e às angústias a que estão sujeitas as pessoas existentes levava-o a tomar uma atitude superior e protetora.

— Desculpe-me — disse Rambaldo —, talvez seja o cansaço. Passei a noite em claro, e agora me sinto meio perdido. Se pudesse cochilar um pouco... Mas o dia já está aí. E o senhor, que também não pregou olhos, como aguenta?

— Sentir-me-ia perdido se deitasse só por um instante — disse baixinho Agilulfo —, ou melhor, não me reencontraria de jeito nenhum, estaria perdido para sempre. Por isso, passo bem desperto todos os instantes do dia e da noite.

— Deve ser pesado...
— Não. — A voz voltara a ser seca, forte.
— E a armadura, nunca sai de dentro dela?
Tornou a murmurar.
— Não há dentro nem fora. Tirar ou pôr não faz sentido para mim.

Rambaldo erguera a cabeça e observava as fissuras da celada, como se buscasse naquele escuro a centelha de um olhar.

— E então?
— E então o quê?

A mão de ferro da armadura branca ainda estava pousada nos cabelos do rapaz. Rambaldo mal sentia seu peso na cabeça, como uma coisa, sem que lhe comunicasse qualquer calor de proximidade humana, fosse ela consoladora ou aborrecida; mesmo assim captava uma espécie de tensa obstinação que nele se propagava.

3

Carlos magno cavalgava à frente do exército dos francos. Iam em marcha de aproximação; não havia pressa, não se andava muito rápido. Ao redor do imperador agrupavam-se os paladinos, freando com as rédeas os cavalos impetuosos; e, entre corcovear e dar cotoveladas, seus escudos prateados erguiam-se e abaixavam-se como guelras de um peixe. O exército se parecia com um peixe comprido repleto de escamas: uma enguia.

Camponeses, pastores, aldeões acorriam às margens da estrada. "Aquele é o rei, aquele é Carlos!", e inclinavam-se até o chão, reconhecendo-o, mais do que pela coroa pouco familiar, pela barba. Depois, logo se levantavam para identificar os guerreiros: "Aquele é Orlando! Nada disso, é Ulivieri!". Não acertavam um, mas dava no mesmo, pois, quem quer que fosse, estavam todos ali, e podiam sempre jurar ter visto quem bem entendessem.

Agilulfo, cavalgando no grupo, de vez em quando dava uma corridinha para a frente, depois parava para esperar os outros, voltava-se para controlar se a tropa marchava compacta, ou virava-se para o sol, como se calculasse a hora por sua altura no horizonte. Estava impaciente. Só ele, ali no meio, tinha em mente a ordem da marcha, as etapas, o lugar aonde teriam de chegar naquela noite. Os demais paladinos, bem, marcha de aproximação, andar rápido ou devagar era sempre chegar mais perto, e com a desculpa de que o imperador estava velho e cansado estavam sempre dispostos a deter-se para beber em todas as tabernas. Pelo caminho só viam emblemas de tabernas e traseiros de empregadas, para dizer algumas bobagens; quanto ao resto, viajavam como se estivessem fechados num baú.

Carlos Magno continuava a ser aquele que tinha mais curiosidade por todas as espécies de coisas que se viam ao redor.

— Uh, os patos, os patos! — exclamava.

Movia-se um bando pelos prados que margeavam o caminho. Em meio às aves, havia um homem, mas não dava para entender o que fazia: andava de cócoras, com as mãos atrás das costas, levantando os pés de pato como um palmípede, com o pescoço duro, e dizendo: "Quá... quá... quá...". Os patos não ligavam para ele, como se o reconhecessem enquanto um deles. E, para dizer a verdade, entre o homem e os patos o olhar não fazia grande diferença, porque a roupa que trazia o homem, de um tom marrom terroso (parecia costurada, em boa parte, com pedaços de saco), apresentava grandes pedaços de um cinza esverdeado igualzinho às penas deles, e além disso havia remendos e andrajos e manchas das mais variadas cores, como as estrias irisadas daquelas aves.

— Ei, você, acha que esta é a melhor maneira de reverenciar o imperador? — gritaram-lhe os paladinos, sempre dispostos a procurar sarna para se coçar.

O homem não se virou, mas os patos, assustados com aquele vozerio, bateram asas todos juntos. O homem demorou um momento observando-os alçar voo, nariz empinado, depois abriu os braços, deu um pulo e assim, aos saltos e espojando-se com os braços abertos de onde pendiam franjas esfarrapadas, soltando risadas e "Quáá! Quáá!" cheios de alegria, tentava acompanhar o bando.

Ali perto havia um pântano. Os patos voaram para lá, pousando na superfície, e, bem leves, com asas fechadas, foram embora nadando. No pântano, o homem atirou-se na água de barriga, levantou enormes jatos d'água, agitou-se com gestos atrapalhados, tentou ainda um "Quá! Quá!" que terminou num borbulhar porque estava afundando, tentou nadar, voltou a imergir.

— Mas aquele é o guardião dos patos? — perguntaram os guerreiros a uma pobre camponesa que se aproximava com um caniço na mao.

— Não, sou eu quem cuida dos patos, são meus, ele não tem nada a ver com isso, é Gurdulu... — disse a camponesa.

— E o que fazia com seus patos?

— Oh, nada, de vez em quando fica assim, toma conta deles, erra, acha que ele é...

— Acha que ele também é um pato?

— Acha que ele é o bando de patos... Sabem como é Gurdulu: não presta atenção...

— Mas onde é que foi parar?

Os paladinos acercaram-se do pântano. Não se via Gurdulu. Os patos, atravessado o espelho d'água, haviam retomado o caminho entre o capim com seus passos palmípedes. Ao redor da água, do meio das avencas, subia um coro de rãs. O homem tirou a cabeça da água de repente, como se lembrasse que devia respirar naquele momento. Viu-se perdido, como se não entendesse o que era aquele contorno de avencas dentro d'água a um palmo de seu nariz. Em cada folha, sentava-se um animalzinho verde, liso liso, que o examinava e coaxava com toda a força: "Gra! Gra! Gra!".

— Gra! Gra! Gra! — respondeu Gurdulu, contente, e, ao som de sua voz, de todas as avencas era um tal de rã pular na água, e, da água, rãs saltando para a margem, e Gurdulu gritando: — Gra! — deu um pulo ele também, foi para a margem, ensopado e enlameado da cabeça aos pés, encolheu-se feito uma rã e lançou um "Gra!" tão forte que com um barulho de caniços e capins tornou a cair no pântano.

— Mas não se afoga? — perguntaram os paladinos a um pescador.

— É, às vezes Omobó se esquece, se perde... Afogar não... O problema é quando acaba na rede com os peixes... Um dia lhe aconteceu quando começara a pescar... Joga a rede na água, vê um peixe que está a ponto de ser apanhado, e se identifica tanto com o peixe que mergulha e entra ele na rede... Sabem como é, Omobó...

— Omobó? Mas não se chama Gurdulu?

— Nós o chamamos de Omobó.

— Mas aquela moça...

— Ah, ela não é da nossa aldeia, pode ser que na aldeia dela o chamem desse jeito.

— E ele de onde é?

— Bom, vagueia por aí...

A cavalgada ladeava um pomar de pereiras. Os frutos estavam maduros. Com as lanças os guerreiros espetavam peras, fazendo-as desaparecer no bico dos elmos, depois cuspiam o que sobrava. Enfileirado entre as pereiras, quem se vê? Gurdulu-Omobó. Mantinha os braços para cima, torcidos feito ramos, e nas mãos, na boca, na cabeça e nos rasgões da roupa carregava peras.

— Olhem, ele está bancando uma pereira! — exclamava Carlos Magno, risonho.

— Já vou sacudi-lo! — disse Orlando, e deu-lhe uma pancada.

Gurdulu deixou cair ao mesmo tempo todas as peras, que rolaram pelo prado em declive, e ao vê-las descer não pôde fazer outra coisa senão rolar também ele feito pera no relvado e assim desapareceu da vista de todos.

— Vossa Majestade queira perdoá-lo! — disse um velho hortelão. — Martinzul às vezes não percebe que seu lugar não é entre as plantas ou entre os frutos inanimados, e sim entre os devotos súditos de Vossa Majestade!

— Mas que parafuso falta a esse louco a quem vocês chamam de Martinzul? — perguntou, afável, o nosso imperador. — Parece-me que nem sabe o que lhe passa pela mioleira!

— Que podemos saber nós, Majestade? — O velho hortelão falava com a modesta sabedoria de quem já viu de tudo. — Talvez não se possa chamá-lo de doido: é só alguém que existe mas não tem consciência disso.

— Boa esta! Aqui temos um súdito que existe mas não tem consciência disso e aquele meu paladino que tem consciência de existir mas de fato não existe. Fazem uma bela dupla, é o que lhes digo!

Carlos Magno já estava cansado de andar a cavalo. Apoiando-se em seus estribeiros, ofegando através da barba, resmungando: "Pobre França!", desmontou. Como obedecendo a um sinal, assim que o imperador pôs o pé no chão, todo o exército parou e montou um bivaque. Prepararam as marmitas para o rancho.

— Tragam-me aqui aquele Gurgur... Como se chama? — perguntou o rei.

— Conforme as aldeias que atravessa — disse o sábio hortelão — e os exércitos cristãos ou infiéis aos quais se junta, chamam-no de Gurduru ou Gudi-Ussuf ou Ben-Va-Ussuf ou Ben-Stanbul ou Pestanzul ou Bertinzul ou Martimbon ou Omobon ou Omobestia ou então de Monstrengo do Valão ou Gian Paciasso ou Pier Paciugo. Pode acontecer que numa chácara perdida lhe deem um nome totalmente diferente dos outros: notei ainda que, por toda a parte, seus nomes mudam de uma estação para outra. Dir-se-ia que os nomes deslizam nele sem jamais fixar-se. De qualquer modo, ele não liga nada para o jeito como o chamam. Chamem-no e ele pensa que estão falando com uma cabra; digam "queijo" ou "torrente" e ele responde: "Estou aqui".

Dois paladinos — Sansoneto e Dudão — iam na frente arrastando Gurdulu com todo o seu peso como se fosse um saco. Aos empurrões, colocaram-no em pé diante de Carlos Magno.

— Tire o chapéu, sua besta! Não vê que está diante do rei?

O rosto de Gurdulu iluminou-se; era uma carantonha encalorada em que se misturavam caracteres francos e mourescos: um pontilhado de sardas vermelhas numa pele azeitonada; olhos azuis líquidos estriados de sangue sobre um nariz achatado e uma bocarra de lábios proeminentes; cabelo alourado mas crespo e uma barba hirsuta com manchas. E no meio dos pelos, emaranhados, invólucros espinhosos de castanha e espigas de aveia.

Começou a desfazer-se em reverências e a falar sem parar. Aqueles nobres senhores, que até então só haviam escutado de sua boca vozes de animais, ficaram espantados. Falava muito rápido, comendo as palavras e confundindo-se; às vezes, parecia passar sem interrupção de um dialeto para outro e até de uma língua para outra, tanto cristã quanto moura. Entre palavras ininteligíveis e despropósitos, seu discurso era mais ou menos este:

— Toco o nariz com a terra, caio em pé nos vossos joelhos, declaro-me augusto servidor de Vossa Humilíssima Majestade, comandem-se e me obedecerei! — Brandiu uma colher que trazia presa na cintura. — ... E quando a Majestade Vossa diz: "Ordeno comando e quero", e faz assim com o cetro, assim com o cetro como eu faço, estão vendo?, e grita como eu: "Ordenooo comandooo e querooo!", vocês, todos súditos cães, têm de me obedecer senão mando empalar todos e, em primeiro lugar, você aí com essa barba e cara de velho decrépito!

— Devo cortar-lhe a cabeça de um golpe só, sire? — perguntou Orlando, e já desembainhava.

— Rogo graça para ele, Majestade — apressou-se o hortelão. — Foi um de seus descuidos habituais: falando com o rei, confundiu-se e não se lembrou mais se o rei era ele ou aquele com quem falava.

Das marmitas fumegantes exalava-se um odor de rancho.

— Deem-lhe uma gamelada de sopa! — ordenou, clemente, Carlos Magno.

Com caretas, inclinações e discursos incompreensíveis, Gurdulu retirou-se para comer debaixo de uma árvore.

— E agora, o que está fazendo?

Estava enfiando a cabeça dentro da gamela pousada no chão, como se quisesse entrar nela. O bom hortelão foi sacudi-lo pelo ombro.

— Quando há de entender, Gurdulu, que é você quem deve comer a sopa e não ela que deve comê-lo? Não se lembra? Tem de levá-la à boca com a colher...

Gurdulu começou a mandar colheradas goela abaixo, avidamente. Manejava a colher com tanta gana que às vezes errava a mira. Na árvore a cujo pé se sentara, abria-se uma cavidade, exatamente na altura de sua cabeça. Gurdulu pôs-se a jogar colheradas de sopa no buraco do tronco.

— Aquela não é sua boca! É da árvore!

Agilulfo seguira desde o início, com uma mistura de atenção e perturbação, os movimentos daquele corpanzil carnoso, que parecia rolar no meio das coisas existentes satisfeito como um potro que deseja coçar as costas; e sentia uma espécie de vertigem.

— Cavaleiro Agilulfo! — chamou Carlos Magno. — Sabe o que lhe digo? Concedo-lhe aquele homem ali como escudeiro! Hein? Não é uma boa ideia?

Os paladinos, irônicos, debochavam. Agilulfo, que, ao contrário, levava tudo a sério (e ainda mais uma ordem imperial expressa), dirigiu-se ao novo escudeiro para dar-lhe as primeiras orientações, mas Gurdulu, com tanta sopa no bucho, caíra no sono à sombra daquela árvore. Estendido na grama, roncava de boca aberta, com peito estômago e ventre subindo e descendo feito um fole de ferreiro. A gamela engordurada rolara para perto de um de seus grandes pés descalços. No meio do capim, um porco-espinho, talvez atraído pelo cheiro, aproximou-se da gamela e começou a lamber as últimas gotas de sopa. Ao fazer isso, pressionava os espinhos contra a planta desprotegida do pé de Gurdulu e quanto mais se mexia atrás do fio de sopa mais empurrava suas agulhas contra o pé descalço. Até que o vagabundo abriu os olhos: deu uma olhada ao redor, sem entender de onde vinha aquela sensação de dor que o despertara. Viu o pé descalço, erguido no meio do capim como uma palma de figueira-da-índia, e, pressionando o pé, o porco-espinho.

— Ô, pé — começou a dizer Gurdulu —, pé, ei, estou falando com você! O que está fazendo aí plantado feito um idiota? Não vê que esse animal lhe espeta? Ei, péééé! Ei, estúpido! Por que não vem pra cá? Não sente que o machuca? Imbecil de um pé! Basta tão pouco, basta que se desloque um tantinho assim! Mas como é possível ser tão imbecil? Pééé! Escute o que estou falando. Mas olhe só como se deixa massacrar! Mas vem pra cá, idiota! Como vou lhe dizer? Preste atenção: observe como eu faço, já lhe mostro como tem de fazer... — E, dizendo isso, dobrou a perna, puxando o pé para si e afastando-o do porco-espinho. — Pronto: era tão fácil, bastou que lhe mostrasse como se faz e você também conseguiu. Pé estúpido, por que se deixou espetar durante tanto tempo?

Esfregou a planta doída, deu um pulo, começou a assoviar, ensaiou uma corrida, lançou-se através das moitas, soltou um peido, depois outro, acabou desaparecendo.

Agilulfo mexeu-se como para ir procurá-lo, mas onde é que fora parar? O vale se abria delineado por densos campos de aveia e sebes de medronheiro e alfeneiro, acariciado pelo vento, por lufadas prenhes de pólen e borboletas, e, no céu, por babas de nuvens brancas. Gurdulu desaparecera lá no meio, naquele declive onde o sol, ao girar, desenhava manchas móveis de sombra e luz; podia estar em qualquer ponto desta ou daquela vertente.

De algum lugar impreciso ergueu-se um canto desafinado:

— *De sur les ponts de Bayonne...*

A armadura branca de Agilulfo, destacando-se contra o espigão do vale, cruzou os braços no peito.

— E então: quando começa a trabalhar o novo escudeiro? — admoestaram os colegas.

Maquinalmente, com a voz sem entoação, Agilulfo asseverou:

— Uma afirmação verbal do imperador tem valor imediato de decreto.

— *De sur les ponts de Bayonne...* — ouviu-se ainda a voz, mais distante.

4

AINDA ERA CONFUSO O ESTADO DAS COISAS do mundo, no tempo remoto em que esta história se passa. Não era raro defrontar-se com nomes, pensamentos, formas e instituições a que não correspondia nada de existente. E, por outro lado, o mundo pululava de objetos e faculdades e pessoas que não possuíam nome nem distinção do restante. Era uma época em que a vontade e a obstinação de existir, de deixar marcas, de provocar atrito com tudo aquilo que existe, não era inteiramente usada, dado que muitos não faziam nada com isso — por miséria ou ignorância ou porque tudo dava certo para eles do mesmo jeito — e assim uma certa quantidade andava perdida no vazio. Podia até acontecer então que num ponto essa vontade e consciência de si, tão diluída, se condensasse, formasse um coágulo, como a imperceptível partícula de água se condensa em flocos de nuvem, e esse emaranhado, por acaso ou por instinto, tropeçasse num nome ou numa estirpe, como então havia muitos disponíveis, numa certa patente da organização militar, num conjunto de tarefas a serem executadas e de regras estabelecidas; e — sobretudo — numa armadura vazia, pois sem ela, com os tempos que corriam, até um homem que existia corria o risco de desaparecer, imaginem um que não existia... Assim havia começado a atuar Agilulfo dos Guildiverni e a esforçar-se para obter glórias.

Eu, que estou contando esta história, sou irmã Teodora, religiosa da ordem de são Columbano. Escrevo no convento, deduzindo coisas de velhos documentos, de conversas ouvidas no parlatório e de alguns raros testemunhos de gente que por lá andou. Nós, freiras, temos poucas ocasiões de conversar com soldados: e, assim, o que não sei, trato de imaginar; caso contrário, como faria? E nem tudo da história está claro para mim. Vocês vão me desculpar: somos moças do interior, ainda que nobres, tendo vivido sempre em retiro, em castelos perdidos e depois em conventos; excetuando-se funções religiosas, tríduos, novenas, trabalhos de lavoura, debulha de cereais, vindimas, açoitamento de servos, incestos, incêndios, enforcamentos, invasões de exércitos, saques, estupros, pestilências, não vimos nada. O que pode saber do mundo uma pobre freira? Portanto, prossigo penosamente esta história que comecei a narrar como penitência. Agora Deus sabe como farei para contar-lhes a batalha, eu que das guerras, Deus nos livre, sempre fiquei afastada e, exceto aqueles quatro ou cinco embates em campo aberto que tiveram lugar na planície embaixo de nosso castelo e que, meninas, acompanhávamos das ameias, entre caldeirões de piche fervente (quantos mortos ficavam apodrecendo depois pelos prados e os encontrávamos ao brincar, no verão seguinte, sob uma nuvem de zangãos!), sobre batalhas, dizia, não sei nada.

Tampouco Rambaldo sabia alguma coisa do assunto: embora nunca tivesse pensado em outra coisa na sua curta vida, aquele era o batismo de fogo. Aguardava o sinal de ataque, em fila, a cavalo, mas não gostava daquilo. Estava usando coisas demais: a cota de malha de ferro com carnal, a couraça com proteção para a garganta e as costas, o guarda-pança, o elmo com bico de pássaro do qual era difícil olhar para fora, a garnacha sobre a armadura, um escudo mais alto que ele, uma lança que toda vez que girava acertava a cabeça de algum companheiro e, por baixo dele, um cavalo do qual não se via nada, tão grande era a gualdrapa de ferro que o recobria.

Quanto a resgatar o assassinato do pai com o sangue do emir Isoarre, já estava quase sem vontade de fazê-lo. Disseram-lhe, observando certos mapas onde estavam assinalados todos os batalhões: "Quando soar a corneta, galope para a frente em linha reta com a lança em riste até espetá-lo. Isoarre combate sempre naquele ponto da formação. Se não correr torto, vai dar de cara com ele, a menos que aconteça de o exército inimigo debandar todo, o que jamais sucede no primeiro embate. Por Deus, pode sempre haver alguma pequena diferença, mas, se não for você quem o fura, certamente há de ser o seu vizinho". Se as coisas estavam nesse pé, Rambaldo já não se interessava por mais nada.

O sinal de que começara a batalha foi a tosse. Viu lá embaixo uma nuvem de poeira amarela que avançava, e uma outra subiu do chão porque os cavalos cristãos também se haviam lançado para a frente a galope. Rambaldo começou a tossir; e todo o exército imperial tossia entalado em suas armaduras, e assim tossindo e pateando corria rumo à poeirada infiel e já ouvia cada vez mais perto a tosse sarracena. As duas nuvens de poeira se misturaram: tosses e golpes de lança ribombaram em toda a planície.

O golpe de mestre do primeiro choque não era tanto a perfuração (porque contra os escudos se arriscava romper as lanças e ainda, por causa do arranque, dar de cara no chão), mas fazer o adversário esvaziar os arções, enfiando-lhe a lança entre traseiro e sela no momento, upa!, da curveta. Podia dar tudo errado, pois a lança apontada para baixo facilmente batia em algum obstáculo ou talvez se enfiasse no chão, funcionando como alavanca, arrancando o cavaleiro da sela como uma catapulta. Assim, a pancada das primeiras linhas era só um voo pelos ares de guerreiros pendurados nas lanças. E, sendo difíceis as deslocações laterais, dado que com as lanças não se podia virar nem um pouco sem acertar nas costelas de amigos e inimigos, criava-se logo uma trapalhada tamanha que não se entendia mais nada. E então impunham-se os campeões, a galope, de espada desembainhada, e eram bem adestrados em dividir os monturos de soldados a poder de fendentes.

Até o momento em que se encontravam frente a frente os campeões inimigos, escudo contra escudo. Começavam os duelos, mas, como o chão já estava coberto de carcaças e cadáveres, era difícil mover-se, e, onde não podiam terçar armas, desabafavam por meio de insultos. Aí era decisivo o grau e a intensidade do insulto, porque, conforme fosse ofensa mortal, sanguinária, insustentável, média ou leve, exigiam-se diversas reparações ou então ódios implacáveis que eram transmitidos aos descendentes. Portanto, o importante era entender-se, coisa não muito fácil entre mouros e cristãos e com as várias línguas mouras e cristãs entre eles; se alguém recebia um insulto indecifrável, que podia fazer? Era preciso suportá-lo e quem sabe se ficasse desonrado para o resto da vida. Portanto, nessa fase do combate, participavam os intérpretes, tropa rápida, com armamento leve, montada em cavalinhos, que circulavam ao redor, captavam no ar os insultos e os traduziam imediatamente na língua do destinatário.

— Khar as-Sus!
— Excremento de verme!
— Mushrik! Sozo! Mozo! Escalvao! Marrano! Hijo de puta! Zabalkan! Merdas!

Esses intérpretes, haviam combinado de ambas as partes não ser necessário matá-los. Além do mais, moviam-se velozmente e naquela confusão, se não era fácil matar um pesado guerreiro montado num grande cavalo que mal podia mexer as patas, tão atravancadas estavam com couraças, imaginem tais saltimbancos. Mas todos sabem: guerra é guerra, e às vezes alguém ficava para adubo. E, além do mais, eles, com a desculpa de que sabiam dizer "filho da puta" em algumas línguas, deviam ter alguma vantagem para correr riscos. Nos campos de batalha, quem tem mãos ágeis pode sempre fazer uma boa colheita, especialmente se chegar no momento certo, antes que desabe o grande enxame da infantaria, que afana tudo o que encontra pela frente.

Ao recolher coisas, os soldados de infantaria, baixinhos, levam a melhor, mas os cavaleiros do alto da montaria, no melhor da festa, deixam-nos tontos com uma lambada de sabre e carregam tudo. Dizendo "coisas", não se entende tanto o que é arrancado dos mortos, pois despojar um morto é trabalho que requer um recolhimento especial, mas todas as coisas que são perdidas. Com esse hábito de ir para o campo de batalha carregados de arreios sobrepostos, ao primeiro choque um despropósito de objetos díspares cai pelo chão. Então, quem mais pensa em combater? A grande luta passa a ser recolhê-los; e à noite, de volta ao acampamento, promover trocas e negócios. Roda que roda, é sempre a mesma tranqueira que circula de um acampamento para outro e de um regimento para outro do mesmo acampamento; e o que é a guerra além desse passar de mão em mão coisas cada vez mais amassadas?

Com Rambaldo aconteceu tudo diferente de como lhe tinham dito. Lançou-se de lança em riste, trepidante na ânsia do encontro entre as duas formações. Encontrar-se, se encontraram; mas tudo parecia calculado para que cada cavaleiro passasse no intervalo entre dois inimigos, sem sequer se tocar. Durante algum tempo, as duas formações continuaram a correr cada uma para seu lado, dando-se as costas, depois se viraram, trataram de provocar o choque, mas o ímpeto se perdera. Quem seria capaz de encontrar o emir lá no meio? Rambaldo foi pelejar escudo contra escudo com um sarraceno duro feito um bacalhau. De ceder espaço ao outro, parece que nenhum deles tinha vontade: empurravam-se com os escudos, enquanto os cavalos cavoucavam a terra com os cascos.

O sarraceno, um rosto pálido como de gesso, falou.

— Intérprete! — gritou Rambaldo. — O que está dizendo?

Trotou até lá um daqueles vadios.

— Diz para abrir-lhe caminho.

— Com os diabos, não!

O intérprete traduziu; o outro replicou.

— Diz que deve seguir adiante para trabalhar; caso contrário a batalha não sairá segundo os planos...

— Dou passagem a ele se me disser onde está o emir Isoarre!

O sarraceno fez um sinal na direção de uma pequena colina, gritando. E o intérprete:

— Lá, naquela altura à esquerda!

Rambaldo virou-se e partiu a galope.

O emir, vestido de verde, estava observando o horizonte.

— Intérprete!

— Aqui estou.

— Diga-lhe que sou o filho do marquês de Rossiglione e vim para vingar meu pai.

O intérprete traduziu. O emir ergueu a mão com os dedos juntos, interrogando.

— E quem é?

— Quem é meu pai? Esta é sua última ofensa! — Rambaldo desembainhou a espada. O emir o imitou. Era um bravo espadachim.

Rambaldo já se encontrava em apuros quando irrompeu, ofegante, aquele sarraceno de antes com cara de gesso, gritando alguma coisa.

— Parem, senhores! — traduziu rápido o intérprete. — Peço desculpas, fiz confusão: o emir Isoarre está na pequena colina da direita! Este é o emir Abdul!

— Obrigado! É um homem honrado! — disse Rambaldo e, tendo afastado o cavalo e cumprimentado o emir Abdul com a espada, lançou-se a galope para a outra elevação.

Recebendo a informação de que Rambaldo era filho do marquês, o emir Isoarre disse:

— Como?

Foi preciso repeti-lo várias vezes no ouvido, gritando.

No final, concordou e ergueu a espada. Rambaldo atirou-se contra ele. Mas, enquanto cruzavam ferros, veio-lhe a dúvida de que Isoarre não fosse tampouco aquele, e seu ímpeto foi um tanto reduzido. Tentava golpear com toda a força e, quanto mais se batiam, menos certeza ele tinha da identidade de seu inimigo.

Essa incerteza esteve a ponto de ser-lhe fatal. O mouro o encurralava com ataques cada vez mais próximos, até que uma grande confusão explodiu ao lado deles. Um oficial maometano achava-se empenhado no meio da balbúrdia e, de repente, deu um grito.

Com aquele grito, o adversário de Rambaldo ergueu o escudo como para pedir uma trégua e respondeu.

— O que disse? — perguntou Rambaldo ao intérprete.

— Disse: Sim, emir Isoarre, já lhe entrego seus óculos!

— Ah, então não é ele!

— Sou — explicou o adversário — o porta-óculos do emir Isoarre. Os óculos, aparelho ainda desconhecido de vocês, cristãos, são certas lentes que corrigem a vista. Isoarre, sendo míope, é obrigado a usá-los em combate, mas, como são de vidro, em cada choque quebra um par. Minha tarefa é fornecer-lhe outros. Assim, peço que interrompa o duelo com o senhor, pois de outro modo o emir, fraco dos olhos como é, levará a pior.

— Ah, o porta-óculos! — rugiu Rambaldo, e não sabia se arrancava-lhe as tripas por causa da raiva ou investia contra o verdadeiro Isoarre. Mas que valentia seria essa de lutar contra um adversário momentaneamente cego?

— Tem de me deixar ir embora, senhor — continuou o oculista —, porque no plano de batalha foi estabelecido que Isoarre deve se manter em boa forma e, se não consegue ver, ele está perdido! — E brandia os óculos, gritando naquela direção: — Pronto, emir, aqui vão as lentes!

— Não! — disse Rambaldo e deu um fendente nos vidros, reduzindo-os a pedaços.

No mesmo instante, como se o ruído das lentes quebradas tivesse sido para ele o sinal de que estava acabado, Isoarre foi parar direto numa lança cristã.

— Agora a sua vista — disse o oculista — não precisa mais de lentes para ver as huris do paraíso. — E esporeou a montaria.

O cadáver do emir, derrubado da sela, ficou preso pelas pernas nos estribos, e o cavalo o arrastou até os pés de Rambaldo.

A emoção de ver Isoarre morto no chão, os pensamentos contraditórios que se atropelavam, de triunfo por poder finalmente dizer que o sangue do pai fora vingado, de dúvida quanto ao fato de, tendo ele provocado a morte do emir ao quebrar-lhe as lentes, a vingança poder ser considerada deveras consumada, de perda por encontrar-se de repente sem a motivação que o conduzira até ali, tudo durou só um momento. Depois sentiu apenas a extraordinária leveza de descobrir-se sem aquele pensamento obsessivo no meio da batalha e de poder correr, olhar ao redor, combater como se tivesse asas nos pés.

Até então com a ideia fixa de matar o emir, não dera importância a nada ligado ao andamento da batalha, e nem pensava que pudesse haver ali alguma ordem. Tudo lhe parecia novo e a exaltação e o horror só agora pareciam atingi-lo. O terreno já dispunha de sua floração de mortos. Caindo com suas armaduras, jaziam em posições desconexas, conforme os coxotes ou protetores de cotovelos ou demais paramentos de ferro se tinham disposto amontoando-se, às vezes mantendo levantados braços ou pernas. Em algum ponto, as pesadas couraças haviam aberto brechas e dali se expandiam as entranhas, como se as armaduras estivessem cheias não de corpos inteiros mas de vísceras ali espetadas à toa, e que transbordavam ao primeiro golpe. Essas visões cruéis comoviam profundamente Rambaldo: quem sabe esquecera que era sangue humano quente o que movia e dava vigor a todos aqueles invólucros? A todos, exceto um: ou já então a natureza impalpável do cavaleiro de armas brancas lhe parecia ampliada a todo o acampamento?

Esporeou. Estava ansioso para defrontar-se com presenças vivas, fossem amigas ou inimigas.

Encontrava-se num pequeno vale: deserto, excetuando os mortos e as moscas que zumbiam sobre eles. A batalha chegara a um momento de trégua, ou então recrudescia num outro lado do terreno. Rambaldo cavalgava perscrutando ao redor. Repete-se um bater de cascos: e surge um guerreiro a cavalo na beira de uma elevação. É um sarraceno! Olha à sua volta, arrebatado, mexe as rédeas e foge. Rambaldo esporeia e o persegue. Agora está também no alto; vê lá no prado o sarraceno a galopar, desaparecer e reaparecer entre as aveleiras. O cavalo de Rambaldo é uma flecha: parecia que só esperava a ocasião para uma corrida. O jovem está contente: finalmente, sob aquelas cascas inanimadas, o cavalo é um cavalo, o homem é um homem. O sarraceno vira à direita. Por quê? Agora Rambaldo tem a certeza de alcançá-lo. Mas da direita eis que salta do mato um outro sarraceno e lhe corta a passagem. Ambos os infiéis se voltam, vão de encontro a ele: é uma emboscada! Rambaldo se lança para a frente com a espada em punho e grita: "Covardes!".

O último vai de encontro a ele, o elmo negro e bicorne como um zangão. O jovem apara um fendente e dá um golpe no escudo do outro, mas o cavalo se afasta, ali está o primeiro que o pressiona de perto, agora Rambaldo deve manipular escudo e espada e fazer rodar o cavalo sobre si mesmo, premendo o joelho nos flancos. "Covardes!", grita, e é raiva pura o que sente, e lutar é um verdadeiro combater encarniçado, e a redução de suas forças ao enfrentar dois inimigos é uma verdadeira fraqueza diluidora nos ossos e no sangue, e talvez Rambaldo morra, agora que tem a certeza de que o mundo existe e não sabe se morrer agora é mais triste ou menos triste.

Ambos estavam sobre ele. Mantinha firme o punho da espada como se estivesse grudado: se o perde, vai junto. De repente, justo naquele momento extremo, ouviu um galope. Àquele som, como um rufar de tambor, os dois inimigos afastaram-se dele. Defendiam-se com o escudo erguido, recuando. Rambaldo também se virou: viu ao seu lado um cavaleiro com armas cristãs que vestia uma garnacha azul-pervinca. Um penacho de longas plumas da mesma cor tremulava sobre o elmo. Volteando veloz, uma lança bem leve mantinha afastados os sarracenos.

Agora estão lado a lado, Rambaldo e o cavaleiro desconhecido. Este continua fazendo da lança uma pá de moinho. Dos dois inimigos, um tenta uma finta e gostaria de sacar-lhe a lança da mão. Mas o cavaleiro pervinca, naquele momento, pendura a lança no gancho da garupa e dá uma estocada. Lança-se sobre o infiel; duelam. Rambaldo, ao ver com que leveza o salvador desconhecido aplica seus golpes, quase se esquece de tudo e ficaria ali parado só olhando. Mas é um instante: agora se atira contra o outro inimigo, com um grande choque de escudos.

Assim ia combatendo ao lado do pervinca. E toda vez que os inimigos, após um novo assalto inútil, retrocediam, um começava a combater o adversário do outro, com uma troca rápida, e assim os desnorteavam com suas perícias variadas. Combater ao lado de um companheiro é muito mais bonito do que lutar sozinho: ganha-se em coragem e conforto, e o sentimento de ter um inimigo e o de ter um amigo se fundem num mesmo calor.

Muitas vezes, para animar-se, Rambaldo grita para o outro; este permanece mudo. O jovem compreende que em combate convém economizar o fôlego e se cala também; mas lamenta um pouco não ouvir a voz do companheiro.

A peleja se torna mais dura. Eis que o guerreiro pervinca arranca da sela o seu sarraceno; este, desmontado, escapa pelo mato. O outro se atira para cima de Rambaldo, mas no choque quebra a espada; temendo ser feito prisioneiro, vira o cavalo e foge também ele.

— Obrigado, irmão — dirige-se Rambaldo ao seu salvador, mostrando o rosto —, salvou-me a vida! — E lhe estende a mão. — Meu nome é Rambaldo, dos marqueses de Rossiglione, aspirante a cavaleiro.

O cavaleiro pervinca não responde: não diz o próprio nome nem aperta a mão estendida de Rambaldo nem descobre o rosto. O jovem enrubesce.

— Por que não me responde?

E, pronto, o outro vira o cavalo em sentido contrário e sai correndo.

— Cavaleiro, embora lhe deva a vida, considerarei isso como uma ofensa mortal! — grita Rambaldo, mas o cavaleiro pervinca já vai longe.

O reconhecimento ao salvador desconhecido, a muda comunhão nascida do combate, a raiva por aquela grosseria inesperada, a curiosidade por aquele mistério, a fúria que mal se acalmara com a vitória já buscava outros objetos, e eis que Rambaldo esporeava o cavalo para perseguir o guerreiro pervinca e gritava:

— Vai me pagar a afronta, não importa quem você seja!

Esporeia, esporeia, mas o cavalo não se move. Puxa-o pelo freio, o focinho cai de novo. Sacode-o de cima da sela. Treme como se fosse um cavalinho de madeira. Então desmonta. Levanta a focinheira de ferro e vê o olho branco: estava morto. Um golpe de espada sarracena, tendo penetrado entre as placas da gualdrapa, atingira-lhe o coração. Já teria tombado há um bom tempo se os invólucros de ferro que lhe cingiam patas e flancos não o houvessem mantido rígido e como radicado naquele ponto. Em Rambaldo, a dor por aquele valoroso ginete morto de pé após tê-lo servido fielmente até então venceu por um momento a fúria: jogou os braços no pescoço do cavalo parado como uma estátua e beijou-o no focinho frio. Depois se sacudiu, enxugou as lágrimas e, sem montaria, saiu correndo.

Mas para onde podia ir? Encontrava-se a correr por caminhos incertos, numa costa de torrente cercada de bosques, sem mais sinais de batalha por perto. Nem sombra das pegadas do guerreiro desconhecido. Rambaldo avançou ao acaso, já resignado com que lhe tivesse escapado, porém ainda pensando: "Mas vou encontrá-lo, nem que seja no fim do mundo!".

Agora, o que mais o atormentava, após aquela manhã incandescente, era a sede. Descendo rumo ao leito da torrente para beber, distinguiu um movimento de ramos: amarrado a uma aveleira com uma peia frouxa, um cavalo comia o capim de um prado, livre das couraças mais pesadas, que se espalhavam por ali. Não havia dúvidas: era o cavalo do guerreiro desconhecido, e o cavaleiro não devia estar longe! Rambaldo penetrou entre os caniços para procurá-lo.

Aproximou-se da água, pôs a cabeça entre as folhas: o guerreiro estava lá. A cabeça e o torso ainda estavam encerrados na couraça e no elmo impenetráveis, como um crustáceo; mas havia retirado os coxotes, joelheiras e perneiras, e assim estava nu da cintura para baixo e corria descalço sobre as pedras da torrente.

Rambaldo não acreditava em seus olhos. Porque aquela nudez era de mulher: um liso ventre emplumado de ouro e redondas nádegas cor-de-rosa e rijas, e longas pernas de moça. Essa metade de moça (a metade de crustáceo tinha agora um aspecto ainda mais desumano e inexpressivo) girou sobre si mesma, procurou um lugar acolhedor, pousou um pé de um lado e o outro na outra parte do riacho, dobrou um pouco os joelhos, aí apoiou os braços com as proteções férreas do cotovelo, jogou a cabeça para a frente e as costas para trás, e se pôs tranquila e altiva a fazer xixi. Era uma mulher com harmoniosas luas, plumagem tenra e fluxo delicado. Rambaldo apaixonou-se imediatamente.

A jovem guerreira desceu ao rio, abaixou-se de novo na água, fez uma ablução rápida estremecendo um pouco e correu para cima com leves saltos dos pés rosados descalços. Foi então que percebeu Rambaldo, que a estava espionando entre os caniços.

— *Schweine Hund!*— gritou e, tirando da cintura um punhal, arremessou-o contra ele, não com o gesto da perfeita manejadora de armas que era, mas com o impulso raivoso da mulher furiosa que joga no homem um prato ou uma escova ou aquilo que tiver à mão.

De qualquer modo, não acertou a testa de Rambaldo por um fio. O jovem, envergonhado, retraiu-se. Mas após um instante teimava em reapresentar-se a ela, revelar-lhe de algum modo sua paixão. Ouviu um tropel; correu até a planície; o cavalo não estava mais lá; desaparecera. O sol declinava: só então ele se deu conta de que um dia inteiro se passara.

Cansado, sem montaria, excessivamente abalado por tantas coisas que haviam acontecido para sentir-se feliz, muito feliz por entender que trocara sua ansiedade anterior por outras mais dilacerantes ainda, retornou ao acampamento.

— Sabem, vinguei meu pai, venci, Isoarre caiu, eu... — mas relatava confuso, pois o ponto aonde queria chegar era outro — ... e lutava contra dois, e apareceu um cavaleiro para socorrer-me, e depois descobri que não era um soldado, era uma mulher, belíssima, não vi o rosto, sobre a armadura traz um saiote azul-pervinca...

— Ha, ha, ha! — provocaram os companheiros de tenda, ocupados em espalhar unguento nas marcas de pancada com que haviam enchido peito e braços, no meio do cheiro intenso de suor de todas as vezes que se tira a armadura após o combate. — Com Bradamante quer se meter, pintinho! Sim que ela vai se interessar por você! Bradamante escolhe generais ou servos da estrebaria! Não conseguirá apanhá-la nem que lhe ponha sal no rabo!

Rambaldo não foi capaz de dizer nem mais uma palavra. Saiu da tenda; o sol se punha, vermelho. Ainda ontem, vendo baixar o sol, se perguntava: "Que será de mim no pôr do sol de amanhã? Terei superado a prova? Terei a confirmação de ser um homem? De deixar marcas caminhando pela terra?". E, pronto, este era o pôr do sol daquele amanhã, e as primeiras provas, vencidas, já não contavam mais nada, e a nova prova era inesperada e difícil, e a confirmação só podia estar lá. Nesse estado de incerteza, Rambaldo gostaria de trocar confidências com o cavaleiro da armadura branca, como se fosse o único capaz de compreendê-lo, nem ele mesmo saberia dizer por quê.

5

SOB MINHA CELA FICA A COZINHA DO CONVENTO. Enquanto escrevo ouço o barulho dos pratos de cobre e estanho: as freiras ajudantes de cozinha estão enxaguando as louças de nosso magro refeitório. A abadessa deu-me uma tarefa diferente da que atribuiu a elas: escrever esta história, mas todos os trabalhos do convento, destinados que são a um único fim — a saúde da alma —, é como se fosse tudo uma coisa só. Ontem escrevia sobre a batalha e no ruído de louça na pia acreditava estar ouvindo o bater de lanças contra escudos e couraças, o ressoar de elmos atingidos por grandes espadas; do pátio chegavam até mim os golpes do tear das irmãs tecedoras e me parecia uma batida de cascos de cavalos a galope: e, assim, aquilo que minhas orelhas ouviam meus olhos entreabertos transformavam em visões e meus lábios silenciosos em palavras e palavras e a pena se lançava pela folha branca, correndo atrás delas.

Hoje talvez o ar esteja mais quente, o cheiro de repolho mais forte, minha mente mais preguiçosa, e com o rumor das ajudantes de cozinha não consigo ir mais longe do que até as cozinhas do exército franco; vejo os guerreiros em fila diante das marmitas fumegantes, com um contínuo bater de gamelas e tamborilar de colheres, e choque das conchas contra as beiradas dos recipientes, e o arranhão no fundo das marmitas vazias e cheias de crostas, e tal visão e esse odor de repolhos se repete por todos os regimentos, o normando, o d'Anjou, o borgonhês.

Se a potência de um exército se mede pelo fragor que produz, então o sonoro exército dos francos se faz reconhecer realmente quando é a hora do rancho. O rumor ecoa por vales e planícies, até o ponto em que se mescla com um eco igual, proveniente das marmitas infiéis. Também os inimigos, na mesma hora, tentam engolir uma infame sopa de repolhos. A batalha ontem não fazia tanto barulho. Nem exalava tanto fedor.

Portanto, só me resta imaginar os heróis de minha história ao redor das cozinhas. Vejo aparecer Agilulfo no meio da fumaça, inclinado sobre um caldeirão, insensível ao cheiro do repolho, repreendendo os cozinheiros do regimento de Alvernia. E eis que surge o jovem Rambaldo, correndo.

— Cavaleiro! — diz ainda arfando —, finalmente o encontro! É que eu, entende, gostaria de ser paladino! No combate de ontem vinguei... na confusão... pois estava sozinho, dois contra mim... uma emboscada... e então... em resumo, agora sei o que é combater. Gostaria que na batalha me fosse dado o lugar mais arriscado... ou de partir para alguma ação que me trouxesse glórias... para a nossa santa fé... salvar mulheres enfermas, velhos fracos... poderia me dizer...

Agilulfo, antes de virar-se para ele, permaneceu um momento de costas, como se sublinhasse sua irritação em ser interrompido no cumprimento de uma missão; depois, já de frente, começou um discurso solto e enxuto, no qual se captava o prazer de apropriar-se rapidamente de um tema que lhe era proposto no momento e tratá-lo de modo competente.

— Segundo me diz, aspirante a cavaleiro, parece considerar que nossa condição de paladinos implique exclusivamente cobrir-se de glórias, seja em combates no comando das tropas, seja em audazes empresas individuais, entendendo estas últimas tanto como defender nossa santa fé quanto socorrer mulheres, velhos, enfermos. Entendi bem?

— Sim.

— Pronto: com efeito, o que enumerou são todas atividades inerentes ao nosso corpo de oficiais escolhidos, mas... — e aqui Agilulfo soltou uma risadinha, a primeira que Rambaldo ouvia daquele gorjal branco: era um risinho cortês e sarcástico ao mesmo tempo — ... mas não as únicas. Se quiser, para mim é fácil enumerar uma por uma as tarefas que competem aos paladinos simples, aos paladinos de primeira classe, aos paladinos do estado-maior...

Rambaldo interrompeu-o:

— A mim bastará segui-lo e tomá-lo como exemplo, cavaleiro.

— Portanto, prefere antepor a experiência à doutrina: está admitido. Bem, você vê que hoje estou em serviço, como todas as quartas-feiras, como inspetor às ordens da Intendência do exército. Em tal função, vou controlando as cozinhas dos regimentos de Alvernia e de Poitou. Se me seguir, poderá pouco a pouco adquirir prática neste delicado setor do serviço.

Não era aquilo que Rambaldo esperava, e ficou meio mal. Mas, não querendo desmentir-se, fingiu prestar atenção no que Agilulfo fazia e dizia a mestres-cucas, cantineiros e ajudantes de cozinha, esperando sempre que fosse apenas um ritual preparatório antes de lançar-se a alguma deslumbrante ação armada.

Agilulfo contava e recontava as distribuições de víveres, as rações de sopa, o número de gamelas a serem enchidas, o conteúdo das marmitas.

— Saiba que a coisa mais difícil no comando de um exército — explicou a Rambaldo — é calcular quantas porções de sopa contém uma marmita. Em nenhum regimento a conta dá certo. Ou sobram rações que não se sabe aonde vão parar e como devem ser registradas nos controles ou, se reduzirem as distribuições, acabam faltando, e logo se dissemina o descontentamento na tropa. É verdade que em toda cozinha militar existe sempre uma horda de maltrapilhos, de velhas pobres e de aleijados, que vêm recolher as sobras. Mas isso, dá para entender, é uma grande desordem. Para começar a organizar a coisa, decidi que cada regimento deve apresentar junto com a lista de seus efetivos também o nome dos pobres que habitualmente vêm fazer fila para o rancho. Assim, saberemos com precisão aonde vai parar cada gamela de sopa. E agora, para praticar seus deveres de paladino, você poderia ir dar uma volta pelas cozinhas dos regimentos, com as listas na mão, e controlar se está tudo em ordem. Depois, voltará aqui para me prestar contas.

O que devia fazer Rambaldo? Recusar-se a obedecer, reclamar para si a glória ou nada? Assim, arriscava arruinar a carreira por uma bobagem. Foi.

Regressou aborrecido, sem ideias claras.

— Bem, sim, parece que está certo — disse a Agilulfo —, sem dúvida é uma grande trapalhada. Só uma coisa: esses pobres que vêm atrás da sopa, são todos irmãos?

— Irmãos por quê?

— Bem, se parecem... Ou melhor, são tão semelhantes que dá para confundir um com outro. Cada regimento tem o seu, igualzinho ao outro. A princípio, pensei que fosse o mesmo homem que se deslocava de uma cozinha para outra. Mas examino as listas e eram todos nomes diferentes: Boamoluz, Carotun, Balingaccio, Bertella... Então perguntei aos sargentos, controlei: sim, sempre correspondiam. Porém, é claro que tal semelhança...

— Vou verificar eu mesmo.

Dirigiram-se ambos rumo ao acampamento lorenense.

— Lá está: aquele homem. — E Rambaldo indicou um ponto como se ali houvesse alguém. De fato havia: mas numa primeira olhada, por estar vestido de farrapos verdes e amarelos desbotados e cheios de remendos, por ter o rosto semeado de sardas e barba hirsuta e desigual, o olhar passava por ele, confundindo-o com a cor da terra e das folhas.

— Mas aquele é Gurdulu!

— Gurdulu? Mais outro nome! Conhece-o?

— É um homem sem nome e com todos os nomes possíveis. Agradeço-lhe, aspirante a cavaleiro: não só descobriu uma irregularidade, como me indicou o modo de recuperar meu escudeiro, entregue a mim por ordem do imperador e logo perdido.

Os cozinheiros lorenenses, ao terminar de distribuir o rancho para a tropa, haviam abandonado a grande marmita para Gurdulu.

— Tome, tudo isso é sopa para você!

— Quanta sopa! — exclamou Gurdulu, inclinou-se dentro da marmita como se avançasse sobre uma sacada, e com a colher raspava sem parar a fim de arrancar o conteúdo mais precioso de cada marmita, isto é, a crosta que permanece presa nas paredes.

— Quanta sopa! — reboava sua voz dentro do recipiente, que, no seu temerário debater-se, entornou em cima dele.

Agora Gurdulu estava prisioneiro na marmita virada. Dava para escutá-lo batendo a colher como num sino surdo e sua voz mugindo: "Quanta sopa!". Depois a marmita se mexeu como uma tartaruga, revirou-se outra vez, e Gurdulu reapareceu.

Estava encharcado de sopa de repolho da cabeça aos pés, manchado, gorduroso, e além disso sujo de fumaça. Com o caldo que lhe escorria sobre os olhos, parecia cego e avançava gritando: "Tudo é sopa!", com os braços para a frente como se nadasse, e não via nada além da sopa que lhe recobria os olhos e o rosto, "Tudo é sopa!", e numa das mãos brandia a colher como se quisesse puxar para si colheradas de tudo aquilo que havia ao redor: "Tudo é sopa!".

Aquela visão provocou em Rambaldo uma perturbação capaz de fazer-lhe rodar a cabeça: mas era mais uma dúvida que um arrepio — que aquele homem que girava ali na frente sem enxergar tivesse razão e o mundo não fosse nada mais que uma imensa sopa sem forma em que tudo se desfazia e tingia com sua substância todo o existente. "Não quero me tornar sopa: socorro!", estava a ponto de gritar, mas viu junto dele Agilulfo, que, impassível, com os braços cruzados, parecia alheio a tudo, intocado pela vulgaridade daquela cena; e sentiu que ele jamais entenderia sua apreensão. A ansiedade contraditória que a visão do guerreiro da couraça branca sempre lhe comunicava agora contrabalançava a nova angústia provocada por Gurdulu: e desse modo conseguiu salvar seu equilíbrio e ficar calmo de novo.

— Por que não o fazem entender que nem tudo é sopa e o ajudam a encerrar esta sarabanda? — disse a Agilulfo, conseguindo dar um timbre não alterado à sua voz.

— O único modo de entender isso é atribuir-se uma tarefa bem precisa — respondeu Agilulfo; e para Gurdulu: — Você é meu escudeiro, por ordem de Carlos, rei dos francos e sagrado imperador. Agora terá de me obedecer em tudo. E, dado que é minha responsabilidade, segundo a Superintendência para as Inumações e Piedosos Deveres, sepultar os mortos da batalha de ontem, você pega pá e enxada e vamos lá para o campo pôr sob a terra a carne batizada de nossos irmãos que Deus tenha em sua glória.

Convidou também Rambaldo para segui-lo, a fim de que conhecesse essa outra delicada incumbência dos paladinos.

Caminhavam rumo ao campo todos os três: Agilulfo com aquele seu passo que gostaria de ser solto e, ao contrário, era como se ele caminhasse sobre ovos; Rambaldo com os olhos arregalados para o que via, impaciente para reconhecer os locais percorridos ontem sob uma chuva de dardos e de fendentes; Gurdulu, que, tendo nas costas pá e enxada, sem perceber nada da solenidade de sua tarefa, assovia e canta.

Do morro pelo qual passam agora, descortina-se a planície onde o embate mais cruel teve lugar. O chão está recoberto de cadáveres. Os abutres, firmes com as garras fincadas nas costas ou nas faces dos mortos, martelam com o bico operando nos ventres esquartejados.

O trabalho dos abutres não ganha imediatamente tal andamento. Apresentam-se assim que a batalha termina: mas o campo acha-se semeado de mortos todos bem protegidos nas couraças de aço, contra as quais os rostros das aves de rapina batem sem sequer arranhá-las. Assim que vem a noite, silenciosos, dos campos vizinhos, rastejando, chegam os despojadores de cadáveres. Os abutres, outra vez voando pelos céus, esperam que terminem. As primeiras luzes iluminam um campo esbranquiçado de corpos inteiramente nus. Os abutres voltam a descer e começam o grande banquete. Mas devem apressar-se, porque não tardarão a chegar os coveiros, que negam aos pássaros aquilo que concedem aos vermes.

Agilulfo e Rambaldo a golpes de espada, Gurdulu com a pá, expulsam os visitantes negros e obrigam-nos a levantar voo. Depois se aplicam na triste tarefa: cada um escolhe um morto, agarra-o pelos pés e o arrasta pela colina até um lugar adequado para cavar-lhe a cova.

Agilulfo arrasta um morto e pensa: "Ó morto, você tem aquilo que jamais tive nem terei: esta carcaça. Ou seja, você não *tem*: você *é* esta carcaça, isto é, aquilo que às vezes, nos momentos de melancolia, me surpreendo a invejar nos homens existentes. Grande coisa! Posso bem considerar-me privilegiado, eu que posso passar sem ela e fazer de tudo. Tudo — se entende — aquilo que me parece mais importante; e muitas coisas consigo fazer melhor do que aqueles que existem, sem os seus habituais defeitos de grosseria, aproximação, incoerência, fedor. É verdade que quem existe põe sempre alguma coisa de seu no que faz, um sinal particular, que não conseguirei jamais imprimir. Mas, se o segredo deles está aqui, neste saco de tripas, muito obrigado, não me faz falta. Este vale de corpos nus que se desagregam não me provoca mais arrepios que o açougue do gênero humano vivo".

Gurdulu arrasta um morto e pensa: "Você dá certos peidos mais fedidos que os meus, cadáver. Não sei por que todos se compadecem de você. O que lhe falta? Antes, se movia, agora seu movimento passa para os vermes que você nutre. Fazia crescer unhas e cabelos: agora vai produzir líquidos que farão crescer mais altas sob o sol as ervas dos campos. Vai se tornar capim, depois leite das vacas que comerão capim, sangue de criança que bebeu o leite, e assim por diante. Ó cadáver, você é mais capaz do que eu para viver?".

Rambaldo arrasta um morto e pensa: "Ó morto, corro, corro para chegar até aqui como você, a me fazer puxar pelos calcanhares. O que é esta fúria que me empurra, esta mania de batalhas e amores, vista do ponto onde observamos seus olhos arregalados, sua cabeça virada que bate nas pedras? Penso, ó morto, você me obriga a pensar; mas o que muda? Nada. Não existem outros dias senão estes nossos dias antes do túmulo, para nós, vivos, e também para vocês, mortos. Que me seja concedido não desperdiçá-los, não perder nada daquilo que sou e daquilo que poderia ser. Praticar ações insignes para o exército franco. Abraçar, abraçado, a orgulhosa Bradamante. Espero que você não tenha gasto seus dias de modo pior, ó morto. De qualquer maneira, para você os dados já decidiram seus números. Para mim ainda se agitam no copo dos azares. E eu amo, ó morto, minha ansiedade, não sua paz".

Gurdulu, cantando, se dispõe a preparar a cova do morto. Estende-o no chão para tirar as medidas, marca os limites com a pá, desloca-o, põe-se a cavar com grande afinco.

— Morto, talvez esperando desse jeito você se chateie. — Vira-o de um lado, no sentido do buraco, de modo que o veja enquanto cava. — Morto, poxa, bem que você podia caprichar com umas enxadadas. — Dá um jeito nele, tenta colocá-lo em pé, com uma enxada na mão. Ele desaba. — Basta. Você não é capaz. Combinamos assim: eu cavo e depois você enche a cova.

A cova está pronta: mas por causa do jeito desordenado de cavar de Gurdulu saiu de forma irregular, com o fundo em concha. Então Gurdulu quer experimentá-la. Desce e se deita.

— Oh, que delícia, como se descansa bem aqui embaixo! Que bela terra macia! Que bom virar assim! Morto, chega aqui para ver que linda cova cavei para você! — Depois volta atrás. — Porém, se combinamos que você deve encher a cova, é melhor eu ficar embaixo e você jogar a terra por cima com a pá! — E espera um pouco. — Vai! Se mexe! Esperando o quê? Assim! — Estendido no fundo, começa, levantando a pá, a jogar a terra. Cai-lhe por cima tudo o que amontoara.

Agilulfo e Rambaldo ouviram um berro amortecido, não sabiam se de susto ou satisfação por se ver tão bem sepultado. Mal tiveram tempo de retirar Gurdulu inteiramente recoberto de terra antes que morresse sufocado.

O cavaleiro considerou o trabalho de Gurdulu malfeito e o de Rambaldo insuficiente. Ele, ao contrário, desenhara um cemiteriozinho, marcando os contornos de covas retangulares, paralelas aos dois lados de uma pequena alameda.

Retornando à noite, passaram por uma clareira no bosque, onde os carpinteiros do exército franco providenciavam troncos para abastecer as máquinas de guerra e lenha para o fogo.

— Agora, Gurdulu, cortar lenha.

Mas Gurdulu, de machado em punho, golpeava ao acaso e juntava feixes de gravetos para queimar e lenha verde e brotos de avenca e medronheiros e pedaços de casca cobertos de musgo.

O cavaleiro inspecionava os trabalhos de corte dos carpinteiros, os instrumentos, as pilhas, e explicava a Rambaldo quais eram as incumbências de um paladino quanto à provisão de madeira. Rambaldo não o escutava; uma pergunta lhe queimava na garganta o tempo inteiro, e agora o passeio com Agilulfo estava para acabar e ele não a formulara.

— Cavaleiro Agilulfo! — interrompeu-o.

— Que deseja? — perguntou Agilulfo arrumando alguns machados.

O jovem não sabia por onde começar, não sabia fingir pretextos para chegar àquele único assunto que lhe fazia bater o coração. Assim, enrubescendo, disse:

— Conhece Bradamante?

Diante daquele nome, Gurdulu, que se aproximava apertando contra o peito um de seus feixes especiais, deu um salto. Espalhou-se pelo ar uma revoada de gravetos, ramos floridos de madressilva, bagas de zimbro, galhos de alfeneiro.

Agilulfo trazia na mão uma afiadíssima machadinha de dois gumes. Brandiu-a no alto, tomou impulso, arremessou-a contra um tronco de carvalho. A lâmina atravessou a árvore de lado a lado, cortando-a de uma vez só, mas o tronco não se deslocou de sua base, tão exato fora o golpe.

— Que se passa, cavaleiro Agilulfo? — exclamou Rambaldo num sobressalto de susto. — Que lhe aconteceu?

Agora com os braços cruzados, Agilulfo examinava o tronco em toda a volta.

— Viu? — disse ao jovem. — Um golpe seco, sem a menor oscilação. Observe o corte como é reto.

6

ESTA HISTÓRIA QUE COMECEI A ESCREVER é ainda mais difícil do que havia pensado. Acontece que me cabe representar a maior loucura dos mortais, a paixão amorosa, da qual o voto, o claustro e o pudor natural até aqui me protegeram. Não digo que não tenha ouvido falar disso: pelo contrário, no mosteiro, para manter-nos afastadas das tentações, às vezes se discute a questão, da maneira que podemos fazê-lo com a vaga ideia que temos sobre ela, e isso ocorre, sobretudo, cada vez que uma de nós, coitadinha, por inexperiência, fica grávida ou então, raptada por algum poderoso não temente a Deus, volta e nos conta tudo o que lhe fizeram. Assim, tanto sobre o amor como sobre a guerra, direi de boa vontade aquilo que consigo imaginar: a arte de escrever histórias consiste em saber extrair daquele nada que se entendeu da vida todo o resto; mas, concluída a página, retoma-se a vida, e nos damos conta de que aquilo que sabíamos é realmente nada.

Bradamante saberia mais? Após toda a sua vivência de amazona guerreira, uma insatisfação profunda dominara seu ânimo. Escolhera a vida da cavalaria pelo amor que sentia por tudo o que fosse severo, exato, rigoroso, adaptado a uma regra moral e — no manejo das armas e dos cavalos — de uma extrema precisão de movimentos. Ao contrário, que encontrava ao seu redor? Homenzarrões suados, que participavam da guerra aproximativamente, com descuido, e logo que se viam fora do horário de serviço estavam sempre a embebedar-se ou a se sacudir pesadamente atrás dela para ver quem ela escolheria para levar à tenda naquela noite. Pois é sabido que a cavalaria é uma grande coisa mas os cavaleiros são um tanto palermas, habituados a realizar ações magnânimas mas no atacado, como calhar, logrando ficar por cima mas dentro das regras sacrossantas que haviam jurado cumprir e que, sendo tão bem definidas, evitavam-lhes a fadiga de pensar. Contudo, a guerra tanto é matadouro quanto é rotina e não há por que se preocupar com detalhes.

No fundo, Bradamante não era diferente deles: talvez houvesse enfiado na cabeça aqueles seus desejos de severidade e rigor para contrastar sua verdadeira natureza. Por exemplo, se havia alguém desmazelado no exército da França, era ela. Só para ilustrar: sua tenda era a mais desordenada de todo o acampamento. Enquanto os pobres homens se ajeitavam, inclusive naqueles trabalhos considerados femininos, como lavar roupa, costurar, varrer, tirar de circulação o que já não servia, ela, educada como princesa, mimada, não tocava em nada, e se não fossem aquelas velhas lavadeiras e ajudantes de cozinha que sempre circulavam ao redor dos regimentos — alcoviteiras da primeira até a última — seu pavilhão seria pior que um canil. Para começar, ela não parava lá; seu dia tinha início quando punha a armadura e subia na sela; de fato, assim que se armava, tornava-se outra, toda luzidia, da ponta do elmo até as perneiras, pavoneando os componentes de armadura mais perfeitos e novos e com a parte do peito enfeitada com fitas cor de pervinca, e ai! se houvesse uma única fora do lugar. Nessa sua vontade de ser a mais esplendorosa no campo de batalha, mais que uma vaidade feminina exprimia um desafio contínuo aos paladinos, uma superioridade sobre eles, um orgulho. Dos guerreiros amigos ou inimigos exigia uma perfeição na apresentação e no manejo das armas que indicasse igual perfeição de ânimo. E, se lhe ocorria encontrar um campeão que lhe parecia corresponder em alguma medida às suas pretensões, despertava nela a mulher com grandes apetites amorosos. Também aqui se dizia que ela desmentia seus ideais rígidos: era uma amante ao mesmo tempo terna e furiosa. Mas, se o homem a acompanhasse nesse caminho, se entregasse e perdesse o controle sobre si mesmo, ela imediatamente se desinteressava e se punha em busca de têmperas mais adamantinas. Mas quem mais havia de encontrar? Nenhum dos campeões cristãos ou inimigos tinha mais qualquer ascendência sobre ela: conhecia fraquezas e atitudes estúpidas de todos eles.

Exercitava-se com o arco, no descampado em frente à sua tenda, quando Rambaldo, que a procurava ansiosamente, viu-lhe o rosto pela primeira vez. Vestia uma túnica curta; os braços nus tensionavam o arco; naquele esforço, o rosto estava meio ofuscado; os cabelos estavam presos na nuca e caíam num grande rabo de cavalo. Mas o olhar de Rambaldo não se deteve em nenhuma observação detalhista: viu o conjunto da mulher, sua figura, cores, e só podia ser ela, aquela que, tendo visto tão pouco, desejava desesperadamente; e para ele já não podia ser de outro modo.

A flecha partiu do arco, enterrou-se no tronco do alvo na linha exata de outras três que ali já cravara.

— Vou desafiá-la no arco! — disse Rambaldo, correndo na direção dela.

Assim sempre corre o jovem na direção da mulher: mas será mesmo o amor que o conduz? Ou não será sobretudo amor por si mesmo, busca de uma certeza de estar ali que somente a mulher lhe pode dar? Corre e se apaixona o jovem, inseguro de si, feliz e desesperado, e para ele a mulher é certamente aquela que está ali, e só ela pode lhe oferecer aquela prova. Mas também a mulher está e não está: ei-la que se defronta com ele, igualmente trepidante, insegura, como é que ele não percebe? Que importa quem dentre os dois é o forte e quem o fraco? São semelhantes. Mas o jovem não sabe porque não quer saber: aquela de quem está faminto é a fêmea que ali está, a mulher certa. Contudo, ela sabe muito mais; ou menos; de qualquer modo sabe coisas diferentes; agora, o que busca é um modo de ser diferente; promovem uma competição de arqueiros; ela grita com ele e não o valoriza; ele não sabe se faz parte do jogo. Em volta, os pavilhões do exército da França, estandartes ao vento, as filas de cavalos que finalmente comem ração. Os fâmulos preparam a refeição dos paladinos. Estes, aguardando a hora do almoço, formam um círculo, observando Bradamante que atira o arco com o rapaz. Bradamante diz:

— Acerta o alvo, mas sempre por acaso.

— Por acaso? Se não erro uma flecha sequer!

— Mesmo que acertasse cem flechas, seria sempre por acaso!
— Então o que não é por acaso? Quem obtém êxito a não ser por acaso?

À margem do acampamento, Agilulfo passava lentamente; sobre a armadura branca pendia um longo manto negro; caminhava daquele lado como quem não quer observar mas se sabe observado e acredita ter de mostrar que não é importante para ele quando de fato é importante para ele, mas de um modo diferente do que os outros poderiam supor.

— Cavaleiro, venha mostrar como se faz... — A voz de Bradamante agora não tinha mais o habitual tom de desprezo e também a postura perdera um pouco do orgulho. Dera dois passos na direção de Agilulfo, oferecendo-lhe o arco com uma flecha já preparada.

Lentamente Agilulfo aproximou-se, pegou o arco, jogou o manto para trás, posicionou um pé na frente e outro atrás, e adiantou um braço e o arco. Seus movimentos não eram aqueles dos músculos e dos nervos que tratam de aproximar-se de uma mira: ele punha em seu lugar outras forças numa ordem desejada, firmava a ponta da flecha na linha invisível do alvo, movia o arco na medida precisa e nada mais, e então disparava a flecha. Esta só podia acertar no alvo. Bradamante gritou:

— Isto sim é um arremesso!

Nada importava para Agilulfo, premia nas firmes mãos de ferro o arco ainda trêmulo; depois o deixava cair; recolhia-se dentro do manto, mantendo-o fechado com os punhos sobre o peitoral da couraça; e assim se afastava. Não tinha nada a dizer e não dissera nada.

Bradamante recolheu o arco, ergueu-o com os braços estendidos e sacudiu o rabo de cavalo nas costas.

— Quem mais, alguém mais poderá disparar com tanta firmeza? Quem poderá ser preciso e absoluto em cada ato como ele? — E assim dizendo empurrava torrões com capim, quebrava flechas contra as paliçadas. Agilulfo já ia longe e nem se virava; o penacho iridescente dobrara-se para a frente, pois caminhava curvado, com punhos apertados no peitoral, arrastando o manto negro.

Dentre os guerreiros que se haviam reunido ao redor, alguns se sentaram no capim para desfrutar a cena de Bradamante, que punha seus demônios para fora.

— Desde que se apaixonou por Agilulfo, desgraçada, não encontra paz...

— Como? Que disse? — Rambaldo, captando a frase no ar, pegou por um braço aquele que havia falado.

— Ei, pintinho, você está inchando o tórax lindamente para o lado de nossa paladina! Agora só lhe agradam as couraças limpas por dentro e por fora! Não sabe que está perdidamente apaixonada por Agilulfo?

— Mas como é possível... Agilulfo... Bradamante... Como é possível?

— Acontece que, quando uma mulher já se satisfez com todos os homens existentes, o único desejo que lhe resta só pode ser por um homem que não existe de jeito nenhum...

Agora, para Rambaldo tornara-se um impulso natural, nos momentos de dúvida ou desânimo, o desejo de encontrar o cavaleiro da armadura branca. Procurou-o de novo, mas não sabia se era ainda para pedir-lhe conselhos ou já para enfrentá-lo como um rival.

— Ei, loura, mas não será um tanto delicado para a cama? — provocavam os companheiros de armas. A decadência de Bradamante devia ser uma coisa bem triste: imaginem se antes teriam tido coragem de falar-lhe nesse tom.

— Conte pra gente — insistiam os impertinentes —, se o despir, o que há de encontrar? — E zombavam.

Em Rambaldo, a dupla dor de ouvir falar assim de Bradamante e ouvir falar assim do cavaleiro, e a raiva de entender que naquela história ele não contava nada, que ninguém podia considerá-lo parte interessada, tudo se misturava na mesma frustração.

Naquele momento, Bradamante se armara de um açoite e começou a brandi-lo pelos ares, dispersando os curiosos, inclusive Rambaldo.

— E não acreditam que eu seja tão mulher a ponto de fazer a qualquer homem tudo aquilo que se deve fazer?

Eles corriam, berrando:

— Uh! Uh! Se quer que lhe emprestemos alguma coisa, Bradamá, basta pedir!

Rambaldo, empurrado pelos outros, seguiu o grupo dos guerreiros ociosos, até que se dispersaram. Não tinha mais vontade de voltar para perto de Bradamante; e até a companhia de Agilulfo o deixaria pouco à vontade. Por acaso, se encontrara ao lado de um outro jovem, chamado Torrismundo, segundo filho dos duques da Cornualha, que caminhava olhando para o chão, apagado, assoviando. Rambaldo continuou a caminhar com aquele jovem que lhe era quase desconhecido e, como sentia necessidade de desabafar, começou a falar.

— Sou novo aqui, não é como pensava, tudo é fugidio, não se chega nunca a uma conclusão, não dá para entender.

Torrismundo não levantou os olhos, só interrompeu por um instante seu assovio persistente e disse:

— Tudo dá nojo.

— Bem, veja só — respondeu Rambaldo —, eu não seria tão pessimista; há momentos em que me sinto cheio de entusiasmo e também de admiração, parece que compreendo tudo e me digo: se agora encontrei o ângulo exato para ver as coisas, se a guerra no exército franco é toda ela assim, então é realmente aquilo que sonhava. Todavia, não se pode nunca estar certo de nada...

— E de que deseja estar certo? — interrompeu-o Torrismundo. — Insígnias, patentes, pompas, nomes... Toda uma parada. Os escudos com as façanhas e as divisas dos paladinos não são de ferro: são papel, que pode ser atravessado de um lado a outro com um dedo.

Haviam chegado a um charco. Nas pedras da margem, saltavam as rãs, coaxando. Torrismundo se voltara para o acampamento e indicava os estandartes elevados sobre as paliçadas com um gesto como se quisesse apagar tudo.

— Mas o exército imperial — objetou Rambaldo, cujo desabafo de amargura permanecera sufocado pela fúria de negação do outro e agora procurava não perder o sentido das proporções para reencontrar um lugar para as próprias dores —, o exército imperial, é preciso admitir, combate sempre por uma santa causa e defende a cristandade contra o infiel.

— Não há defesa nem ofensa, não há senso de nada — disse Torrismundo. — A guerra vai durar até o final dos séculos e ninguém vencerá ou perderá, ficaremos imóveis uns diante dos outros para sempre. E sem uns os outros não seriam nada e hoje tanto nós quanto eles já esquecemos por que combatemos... Ouve estas rãs? Tudo aquilo que fazemos tem tanto sentido e tanta ordem quanto seu coaxar, aquele saltar da água para a margem e da margem para a água...

— Para mim não é assim — disse Rambaldo —, para mim, ao contrário, tudo é muito ordenado, regulado... Vejo a virtude, o valor, mas é tudo tão frio... Que haja um cavaleiro que não existe, confesso-lhe, me provoca medo... E, contudo, o admiro, é tão perfeito em tudo aquilo que faz, dá maior segurança do que se existisse de fato e quase — enrubesceu — entendo Bradamante... Agilulfo certamente é o melhor cavaleiro de nosso exército...

— Bah!

— Como bah?

— É uma montagem ele também, pior que os outros.

— Que pretende dizer com montagem? Tudo aquilo que faz, faz para valer.

— Que nada! É tudo história... Não existe ele nem as coisas que faz, nem aquelas que diz, nada, nada...

— Mas como faria então, com a desvantagem em que se encontra em relação aos outros, para ocupar no exército o posto que ocupa? Somente por causa do nome?

Torrismundo ficou um momento em silêncio, depois disse, devagar:

— Aqui também os nomes são falsos. Se quisesse, eu mandaria tudo pelos ares. Não nos resta sequer a terra na qual pousar os pés.

— Então não há nada que se salve?

— Talvez. Mas não aqui.

— Quem? Onde?

— Os cavaleiros do Santo Graal.

— E onde estão?
— Nas florestas da Escócia.
— Você os viu?
— Não.
— E como sabe sobre eles?
— Sei.

Calaram-se. Só se ouvia o coaxar das rãs. Rambaldo estava ficando com medo de que aquele barulho abafasse tudo, afogasse também ele num verde viscoso, cego pulsar de guelras. Mas lembrou-se de Bradamante, de como surgira no combate, a espada erguida, e toda aquela perturbação já fora esquecida: não via a hora de lutar e realizar façanhas somente diante de seus olhos de esmeralda.

7

AQUI NO CONVENTO, a cada uma se dá a sua penitência, seu modo de ganhar a salvação eterna. A mim tocou esta de escrever histórias: é dura, muito dura. Lá fora, é um verão ensolarado, do vale chega um vozerio e um rumor de água, minha cela está no alto e da janelinha vejo uma curva do rio, jovens aldeões nus que tomam banho e, mais adiante, atrás de uma moita de salgueiro, moças que, tendo tirado também a roupa, descem para tomar banho. Um deles, nadando debaixo d'água, emerge para observá-las e elas o apontam com gritos. Eu também poderia estar lá no meio, e em boa companhia, com meus jovens pares, algumas criadas e fâmulos. Mas a nossa santa vocação quer que se anteponha às alegrias perecíveis do mundo alguma coisa que permaneça. Que permaneça... se afinal também este livro e todos os nossos atos de piedade, executados com corações de cinzas, já não passam de cinzas inclusive eles... mais cinzas do que os atos sensuais no rio, que tremem de vida e se propagam como círculos na água... Começa-se a escrever com gana, porém há um momento em que a pena não risca nada além de tinta poeirenta, e não escorre nem uma gota de vida, e a vida está toda fora, além da janela, fora de você, e lhe parece que nunca mais poderá refugiar-se na página que escreve, abrir um outro mundo, dar um salto. Quem sabe é melhor assim; talvez quando escrevia com prazer não era milagre nem graça: era pecado, idolatria, soberba. Então, estou fora disso tudo? Não, escrevendo mudei para melhor: consumi apenas um pouco de juventude ansiosa e inconsciente. De que me valerão estas páginas descontentes? O livro, o vazio, não valerá mais do que você vale. Não há garantias de que a alma se salve ao escrever. Escreve, escreve, e sua alma já se perdeu.

E então, querem que vá suplicar à madre superiora que mude meu trabalho, que me mande tirar água do poço, tecer, debulhar grão-de-bico? Não adianta. Continuarei no meu trabalho de escrivã, o melhor que puder. Agora, tenho de contar o banquete dos paladinos.

Contrariando todas as regras imperiais de etiqueta, Carlos Magno ia para a mesa antes da hora, quando ainda não havia outros comensais. Senta-se e começa a beliscar pão ou queijo ou azeitonas ou pimentões, em suma, tudo aquilo que já está servido. E não só: além disso se serve com as mãos. Frequentemente o poder absoluto faz perder todo freio, mesmo aos soberanos mais simples, e gera o arbítrio.

Chegam em grupo os paladinos, nas belas roupas de cerimônia que, entre brocados e rendas, mostram sempre as malhas de ferro das couraças para o peito, mas daquelas com malhas largas e também do tipo de passeio, luzidias como espelhos mas que basta um golpe de bengala para fazer em pedaços. Primeiro Orlando, que se coloca à direita de seu tio imperador, depois Rinaldo de Montalbano, Astolfo, Angiolino de Bayonne, Ricardo da Normandia e todos os outros.

No extremo da mesa, ia sentar-se Agilulfo, sempre em sua armadura de combate sem manchas. O que vinha fazer à mesa, ele que não tinha nem jamais teria apetite, nem um estômago para encher, nem uma boca da qual aproximar o garfo, nem um palato para regar com vinho da Borgonha? Contudo, jamais falta a esses banquetes que se prolongam durante horas — ele que saberia empregá-las bem melhor, aquelas horas, em operações concernentes ao serviço. Pelo contrário: como todos os outros, ele tem direito a um lugar à mesa imperial e o ocupa; e cumpre o cerimonial do banquete com o mesmo cuidado meticuloso que dedica a qualquer outro cerimonial da jornada.

Os pratos são os habituais no exército: peru recheado, pato no espeto, carne de vaca na brasa, leitão, enguias, dourado. Os valetes mal chegam a depositar as bandejas e os paladinos se atiram em cima, pegam com as mãos, despedaçam com os dentes, engorduram as couraças, espirram molho por todos os lados. Há mais confusão que no combate: sopeiras que são viradas, frangos assados que voam, e os valetes que levam as bandejas antes que um insaciável as esvazie em sua tigela.

Pelo contrário, no canto da mesa onde se encontra Agilulfo tudo decorre de modo limpo, calmo e em ordem, mas exige mais atenção dos servidores ele, que não come, do que todo o resto da mesa. Em primeiro lugar — ao passo que em toda a parte há uma confusão de pratos sujos, tanto que entre uma iguaria e outra nem é o caso de trocá-los e cada um come onde calhar, até em cima da toalha — Agilulfo continua a pedir que coloquem diante dele novas louças e talheres, pratos, pratinhos, tigelas, copos de todo tipo e tamanho, garfos e colheres, colherinhas e facas que ai se não estiverem bem afiadas, e é tão exigente em matéria de limpeza, que basta uma sombra opaca num copo ou num talher para mandá-los de volta. Depois se serve de tudo: pouco, mas se serve; não deixa passar uma iguaria. Por exemplo, trincha uma fatia de javali assado, põe num prato a carne, o molho num pratinho, depois corta, com uma faca afiadíssima, a carne em tantas tirinhas finas e estas são passadas uma por uma num outro prato, onde as tempera com o molho, até que se embebam bastante; as temperadas coloca num novo prato e, de vez em quando, chama um valete, entrega-lhe este último prato e pede um limpo. Assim se ocupa durante horas. Não falemos do frango, do faisão, dos tordos: trabalha horas inteiras sem jamais tocá-los a não ser com a ponta de certas faquinhas que pede de propósito e que manda trocar várias vezes para limpar do último ossinho a mais sutil e renitente fibra de carne. Serve-se também de vinho, e continuamente o transvasa, repartindo-o entre os muitos cálices e copos que tem pela frente, e taças onde mistura um vinho com outro, e de vez em quando entrega-o a um valete para que os leve embora e os troque por novos. Consome muito pão: amassa miolo sem parar, em bolinhas iguais que põe sobre a mesa em fileiras ordenadas; pica a crosta em migalhas e constrói com elas minúsculas pirâmides: até que se cansa e ordena aos fâmulos que limpem a toalha com uma escovinha. Depois recomeça.

Com todos os seus afazeres, não perde o fio da conversa que tem lugar à mesa e intervém sempre na hora certa.

No almoço, de que falam os paladinos? Como de costume, se vangloriam.

Fala Orlando:

— Devo dizer que a batalha de Aspromonte estava fugindo ao controle, antes que eu abatesse em duelo o rei Agolante e lhe tomasse a Durlindana. Era tão ligado a ela que, quando lhe decepei o braço direito, seu punho ficou preso no punho da Durlindana e tive de usar tenazes para retirá-lo.

E Agilulfo:

— Não é para desmenti-lo, mas a precisão exigia que a Durlindana fosse entregue nas negociações de armistício cinco dias depois da batalha de Aspromonte. De fato, ela figura numa lista de armas leves cedidas ao exército franco, entre as condições do tratado.

Diz Rinaldo:

— De qualquer modo, não há comparação com Fusberta. Passando os Pireneus, aquele dragão que enfrentei, cortei-o em dois com um fendente e vocês sabem que a pele de dragão é mais dura que o diamante.

Agilulfo participa:

— Aí está, vamos tentar pôr as coisas em ordem: a passagem dos Pireneus foi em abril, e em abril, como todos sabem, os dragões mudam de pele, ficando moles e tenros como recém-nascidos.

Os paladinos:

— Sim, sim, naquele dia ou em outro, se não fosse ali seria noutro lugar, em resumo, aconteceu assim, não é o caso de ficar procurando pelo em ovo...

Mas estavam aborrecidos. Aquele Agilulfo que se lembra sempre de tudo, que sabe citar os documentos de cada caso, que, mesmo quando uma façanha era famosa, com uma versão aceita por todos, relembrada de ponta a ponta por quem não participara dela, qual o quê!, queria reduzi-la a um episódio normal de serviço, a ser assinalado no relatório noturno para o comando do regimento. Entre aquilo que se passa na guerra e o que se conta depois, desde que o mundo é mundo, sempre houve certa diferença, mas, numa vida de guerreiro, que certos fatos tenham ocorrido ou não, pouco importa: existe você, sua força, a continuidade de seu modo de comportar-se, para garantir que as coisas não aconteceram exatamente assim, detalhe por detalhe, porém até poderiam ter ocorrido daquele jeito e poderiam ainda ocorrer numa ocasião semelhante. Mas uma pessoa como Agilulfo não tem nada para sustentar as próprias ações, verdadeiras ou falsas que sejam: ou são verbalizadas cotidianamente, inscritas nos registros, ou então é o vazio, a escuridão total. E gostaria de reduzir a isso também os colegas, aquelas esponjas de Bordeaux e de vantagens, de projetos que voltam ao passado sem que nunca tenham existido no presente, de lendas que, após serem atribuídas um pouco a um e um pouco a outro, acabam por encontrar o protagonista que assume todas.

De vez em quando, alguém chama Carlos Magno como testemunha. Mas o imperador participou de tantas guerras que confunde sempre uma com a outra e nem se lembra bem qual é aquela em que está combatendo agora. Sua tarefa é fazer a guerra e, no máximo, pensar na que virá a seguir; as guerras já concluídas foram como foram; ao que relatam cronistas e contadores de histórias se sabe que é preciso fazer ressalvas; imaginem se o imperador tivesse de ficar atrás de todos para corrigi-los. Só quando explode um problema que repercute na organização militar, na hierarquia, na atribuição de títulos de nobreza, então o rei deve emitir sua opinião. Entenda-se "sua opinião" de forma relativa: ali a vontade de Carlos Magno conta pouco, é preciso considerar os resultados, julgar com base nas provas que se têm e fazer respeitar leis e costumes. Por isso, quando o interpelam, sente um arrepio nas costas, fica nas generalidades e às vezes sai com um: "Sim! Quem sabe! Tempo de guerra, mais mentiras que terra!", e sai pela tangente. Àquele cavaleiro Agilulfo dos Guildiverni, que continua a amassar miolo de pão e a contestar todas as histórias que — embora não relatadas numa versão totalmente exata — são as autênticas glórias do exército franco, Carlos Magno gostaria de atribuir alguma tarefa incômoda, mas lhe disseram que os serviços mais pesados constituem para ele ambicionadas provas de zelo, e, portanto, é inútil.

— Não vejo por que você tem de se preocupar tanto com detalhes, Agilulfo — disse Ulivieri. — A própria glória das ações tende a ampliar-se na memória popular e isso prova que é glória genuína, fundamento dos títulos e das patentes por nós conquistadas.

— Não dos meus! — refutou Agilulfo. — Cada título e predicado meus foram obtidos com ações bem analisadas e comprovadas por documentos irretorquíveis!

— Quem é que o garante? — disse uma voz.

— Quem falou vai me dar satisfações! — disse Agilulfo erguendo-se.

— Acalme-se, fique manso — apaziguaram todos os outros —, você, que sempre tem objeções a fazer sobre as façanhas dos outros, não pode impedir que alguém faça o mesmo com as suas...

— Não ofendo ninguém: limito-me a explicitar fatos, com lugar, data e uma grande quantidade de provas!

— Fui eu quem falou. Também vou explicitar. — Um jovem guerreiro se erguera, pálido.

— Gostaria mesmo de ver, Torrismundo, você encontrar em meu passado algo de contestável — disse Agilulfo ao jovem, pois era justamente Torrismundo da Cornualha. — Talvez queira contestar, por exemplo, que fui armado cavaleiro porque, há exatos quinze anos, salvei da violência de dois bandidos a filha virgem do rei da Escócia, Sofrônia?

— Sim, vou contestá-lo: há quinze anos, Sofrônia, filha do rei da Escócia, não era virgem.

Um murmúrio percorreu toda a extensão da mesa. O código da cavalaria então vigente prescrevia que, quem tivesse salvado de perigo certo a virgindade de uma moça de linhagem nobre, seria imediatamente armado cavaleiro; mas, por ter salvo de violência carnal uma nobre que não era mais virgem, previa-se apenas uma menção de honra e salário duplo durante três meses.

— Como pode afirmar isso, que é uma ofensa não só à minha dignidade de cavaleiro mas também a uma dama que tomei sob a proteção de minha espada?

— Sustento o que afirmei.

— As provas?

— Sofrônia é minha mãe!

Gritos de surpresa se elevaram do peito dos paladinos. Então o jovem Torrismundo não era filho dos duques da Cornualha?

— Sim, nasci há vinte anos de Sofrônia, que tinha treze anos naquela época — explicou Torrismundo. — Eis o medalhão da Real Casa da Escócia. — E, tendo procurado no peito, extraiu uma bula pendurada numa correntinha de ouro.

Carlos Magno, que até então mantivera rosto e barba inclinados sobre um prato de camarões de rio, julgou que chegara a hora de levantar o olhar.

— Jovem cavaleiro — afirmou, dando à voz a maior autoridade imperial —, percebe a gravidade de suas palavras?

— Plenamente — disse Torrismundo —, e para mim ainda mais que para os outros.

Havia silêncio ao redor: Torrismundo estava negando ser filho do duque da Cornualha, o que lhe valera, como aprendiz, o título de cavaleiro. Declarando-se bastardo, embora de uma princesa de sangue real, ele caminhava para o afastamento do exército.

Porém, bem mais grave era o risco que corria Agilulfo. Antes de encontrar Sofrônia agredida por malfeitores e de salvar-lhe a pureza, ele era um simples guerreiro sem nome numa armadura branca, que andava pelo mundo em busca de aventura. Ou melhor (como logo se soube), era uma armadura branca vazia, sem guerreiro dentro. Sua ação em defesa de Sofrônia lhe dera direito de ser armado cavaleiro; naquele momento, estando vago o título de cavaleiro de Selimpia Citeriore, ele o assumira. Sua entrada em serviço, e todos os reconhecimentos, as patentes, os nomes que se agregaram depois eram consequências daquele episódio. Se fosse demonstrada a inexistência de uma virgindade de Sofrônia salva por ele, também o seu título de cavaleiro se esvaía em fumaça, e tudo o que ele fizera desde então não podia ser reconhecido como válido para nenhum efeito, e todos os nomes e predicados eram anulados, e, portanto, cada uma de suas atribuições se tornava não menos inexistente que sua pessoa.

— Ainda criança, minha mãe ficou grávida de mim — contava Torrismundo — e, temendo a fúria dos pais, quando soubessem de seu estado, fugiu do castelo real da Escócia e andou vagando pelos altiplanos. Deu-me à luz no sereno, num brejo, e me sustentou vagando pelos campos e bosques da Inglaterra até a idade de cinco anos. Estas primeiras lembranças são aquelas do período mais bonito de minha vida, que a intrusão desse aí interrompeu. Recordo o dia. Minha mãe me deixara protegido em nossa caverna, enquanto ela ia como de hábito roubar fruta nos campos. Deparou-se com dois bandidos de estrada que pretendiam abusar dela. Talvez tivessem acabado fazendo amizade: frequentemente minha mãe se lamentava da solidão. Mas chegou esta armadura vazia à procura de glória e derrotou os bandidos. Tendo reconhecido minha mãe como de estirpe real, tomou-a sob sua proteção e conduziu-a ao castelo mais próximo, o da Cornualha, confiando-a aos duques. Entretanto, eu tinha ficado na caverna, só e faminto. Minha mãe, assim que pôde, confessou aos duques a existência do filho que fora forçada a abandonar. Fui procurado por servos munidos de tochas e conduzido ao castelo. Para salvar a honra da família da Escócia, ligada aos Cornualha por vínculos de parentesco, fui adotado e reconhecido como filho do duque e da duquesa. Minha vida foi tediosa e cheia daquelas obrigações que pesam sobre os filhos de famílias nobres. Não me foi mais permitido ver minha mãe, que tomou o véu num convento distante. O peso dessa montanha de falsidades que deturpou o curso natural de minha vida, eu o carrego até hoje. Agora, finalmente, consigo dizer a verdade. O que quer que aconteça, para mim certamente será melhor do que aquilo que foi até hoje.

Nesse meio tempo, fora servida a sobremesa, um pão de Espanha de camadas sobrepostas com cores delicadas, mas tal era o espanto provocado por aquela sequência de revelações que nenhum garfo se elevava para as bocas emudecidas.

— E o senhor, o que tem a dizer sobre esta história? — perguntou Carlos Magno a Agilulfo. Todos notaram que não dissera "cavaleiro".

— São mentiras. Sofrônia era donzela. Sobre a flor de sua pureza, repousa meu nome e minha honra.

— Pode prová-lo?

— Vou procurar Sofrônia.

— Pretende encontrá-la tal qual quinze anos depois? — perguntou, maligno, Astolfo. — Nossas couraças de ferro batido têm duração bem mais breve.

— Tomou o véu logo depois que a confiei àquela família piedosa.

— Em quinze anos, com os tempos que correm, nenhum convento da cristandade se salva das dispersões e saques, e toda monja tem o tempo de deixar de sê-lo e voltar à mesma situação quatro ou cinco vezes...

— De qualquer modo, uma castidade violada pressupõe um violador. Hei de encontrá-lo e obterei dele o testemunho da data até a qual Sofrônia pôde ser considerada virgem.

— Dou-lhe licença para partir imediatamente, se quiser — disse o imperador. — Penso que, neste momento, nada é mais importante para o senhor do que ostentar nome e armas, que agora lhe são contestados. Se este jovem diz a verdade, não poderei mantê-lo a meu serviço, ou melhor, não poderei considerá-lo sob nenhum ponto de vista, nem sequer para os salários atrasados. — E Carlos Magno não podia impedir de dar ao seu discurso um timbre de satisfação apressada, como se dissesse: "Estão vendo que encontramos o meio de livrar-nos deste importuno?".

Agora, a armadura branca pendia para a frente e jamais como naquele momento evidenciara estar vazia. A voz saía apenas perceptível:

— Sim, meu imperador, irei.

— E você? — Carlos Magno dirigiu-se a Torrismundo. — Percebe que, declarando-se nascido fora do matrimônio, não pode assumir o grau que lhe cabia por seus antepassados? Pelo menos sabe quem seria seu pai? Tem esperança de se fazer reconhecer por ele?

— Não poderei nunca ser reconhecido...

— Não é impossível. Todo homem, avançando nos anos, tende a fazer todas as contas na balança de sua vida. Também eu reconheci todos os filhos que tive com concubinas, e eram muitas, e certamente algum nem será meu.

— Meu pai não é um homem.

— E quem seria? Belzebu?

— Não, sire — disse calmamente Torrismundo.

— Quem então?

Torrismundo avançou até o meio da sala, pôs um joelho no chão, ergueu os olhos para o céu e disse:

— É a Sagrada Ordem dos Cavaleiros do Santo Graal.

Um murmúrio percorreu o banquete. Alguns dos paladinos se benzeram.

— Minha mãe era uma menina ousada — explicou Torrismundo — e corria sempre para o mais profundo dos bosques que circundavam o castelo. Certo dia, no fundo da floresta, deparou-se com os cavaleiros do Santo Graal, lá acampados para fortificar seu espírito no isolamento do mundo. A menina começou a brincar com aqueles guerreiros e a partir daquele dia, sempre que possível, enganava a vigilância familiar e alcançava o acampamento. Mas em pouco tempo, com aquelas brincadeiras de criança, acabou grávida.

Carlos Magno ficou um momento pensativo, depois disse:

— Os cavaleiros do Santo Graal fizeram todos voto de castidade e nenhum deles poderá reconhecê-lo como filho.

— Nem eu pretendia isso — disse Torrismundo. — Minha mãe nunca me falou de um cavaleiro em particular, mas me educou para respeitar como pai a sagrada ordem em seu conjunto.

— Então — acrescentou Carlos Magno —, a ordem em seu conjunto não se acha ligada a nenhum voto do gênero. Portanto, nada impede que se reconheça pai de uma criatura. Se você conseguir chegar até os cavaleiros do Santo Graal e fazer-se reconhecer como filho de toda a ordem, considerada coletivamente, seus direitos militares, dadas as prerrogativas da ordem, não seriam diferentes daqueles que tinha como filho de uma família nobre.

— Partirei — disse Torrismundo.

Aquela era uma noite de partidas, lá no acampamento dos francos. Agilulfo preparou meticulosamente seu equipamento e o cavalo, e o escudeiro Gurdulu pegou ao acaso cobertores, almofaças, panelas, fez uma trouxa que o impedia de ver para que lado andava, tomou o rumo oposto do patrão, e galopou perdendo todas as coisas pelo caminho.

Ninguém viera cumprimentar Agilulfo que partia, exceto aqueles pobres estribeiros, empregados das estrebarias e ferreiros, os quais não faziam grandes distinções entre um e outro e haviam entendido que esse era um oficial mais fastidioso, mas também mais infeliz que os outros. Os paladinos, com a desculpa de que não tinham sido avisados da hora da partida, não apareceram; e além disso não era uma desculpa: Agilulfo, desde que saíra do banquete, não dirigira mais a palavra a ninguém. Sua partida não foi comentada: distribuídas as tarefas de modo que nenhuma de suas responsabilidades ficasse descoberta, a ausência do cavaleiro inexistente foi considerada digna de silêncio como por entendimento geral.

A única que ficou comovida, ou melhor, perturbada, foi Bradamante. Correu para sua tenda, "Rápido!", chamou governantes, ajudantes de cozinha, criadas, "Rápido!", e jogava pelos ares roupas e couraças, lanças e adereços, "Rápido!", e o fazia não como de hábito ao despir-se ou num impulso de raiva, mas para colocar ordem, fazer um inventário das coisas que havia e partir.

— Preparem-me tudo, partirei, partirei, não vou ficar aqui nem mais um minuto, ele se foi, o único pelo qual este exército tinha sentido, o único que podia dar um sentido à minha vida e à minha guerra, e agora não resta nada além de um bando de beócios e violentos, eu incluída, e a vida é um revirar-se entre camas e caixões, e só ele sabia a geometria secreta, a ordem, a regra para entender o princípio e o fim! — E, assim dizendo, vestia parte por parte a armadura de campanha, a garnacha cor de pervinca, e logo estava montada, masculina em tudo, exceto no modo orgulhoso que certas mulheres realmente mulheres possuem de ser viris, e esporeou o cavalo a galope, arrastando paliçadas e cordas de tendas e prateleiras de salame, desaparecendo rapidamente numa grande nuvem de poeira.

Aquela nuvem de poeira viu Rambaldo, que corria a pé para procurá-la e gritou-lhe: "Aonde vai, aonde vai, Bradamante?, eis-me aqui, para você, e você vai embora!", com aquela teimosa indignação de quem está apaixonado e quer dizer: "Estou aqui, jovem, pleno de amor, como pode meu amor não agradar-lhe, que deseja essa que não me toma, que não me ama, que mais pode querer além daquilo que sinto poder e dever dar-lhe?", e assim se enfurece e não consegue aceitar e num certo ponto a paixão por ela é também paixão por si próprio, é o apaixonar-se por aquilo que poderiam ser os dois juntos e não são. E nessa fúria Rambaldo corria para sua tenda, preparava cavalo armas alforjes, partia ele também, pois a guerra só é bem combatida onde entre as pontas de lanças se distingue uma boca de mulher, e tudo, as feridas a nuvem de poeira o odor dos cavalos, só tem sabor a partir daquele sorriso.

Também Torrismundo partia naquela noite, também ele triste, também ele cheio de esperança. Era o bosque que desejava rever, o bosque úmido e escuro da infância, a mãe, os dias na gruta, e mais no fundo a pura confraria dos pais, armados e vigilantes em torno das fogueiras de um bivaque oculto, vestidos de branco, silenciosos, no ponto mais denso da floresta, os ramos baixos que quase tocam as avencas, e da terra úbere nascem cogumelos que nunca avistam o sol.

Carlos Magno, tendo saído do banquete com as pernas meio trêmulas, após ouvir todas as notícias sobre partidas imprevistas, dirigia-se ao pavilhão real e pensava nos tempos em que partiam Astolfo, Rinaldo, Guidon Selvagem, Orlando, para desafios que terminavam nos cantares dos poetas, ao passo que agora não havia jeito de movimentá-los daqui para ali, aqueles veteranos, a não ser para as obrigações mínimas do serviço. "Que partam, são jovens, que façam", dizia Carlos Magno, com o hábito, próprio dos homens de ação, de pensar que o movimento seja sempre um bem, porém já com a amargura dos velhos que sofrem a perda das coisas de antigamente mais do que desfrutam do aparecimento de novas.

8

LIVRO, CHEGOU A NOITE, comecei a escrever mais rápido, do rio não chega nada além do roncar distante da cascata, na janela voam mudos os morcegos, ladram alguns cães, ressoam vozes nos depósitos de feno. Talvez esta minha penitência não tenha sido mal escolhida pela irmã abadessa: de vez em quando percebo que a pena desliza pela folha como se estivesse sozinha, e eu correndo atrás dela. É na direção da verdade que corremos, a pena e eu, a verdade que espero vir ao meu encontro, do fundo de uma página branca, e que poderei alcançar somente quando a golpes de pena conseguir sepultar todas as preguiças, as insatisfações, o fastio que vim aqui pagar.

E basta o corre-corre de um rato (o terraço do convento está cheio deles), um sopro de vento imprevisto que faz bater o estore (inclinada a distrair-me sempre, me apresso em reabri-lo), basta o final de um episódio desta história e o início de outro ou apenas um ponto parágrafo e eis que a pena torna a ficar pesada como uma trave e a corrida rumo à verdade se faz incerta.

Agora, devo representar as terras atravessadas por Agilulfo e por seu escudeiro durante a viagem: aqui nesta página é preciso encontrar espaço para tudo, a estrada principal cheia de poeira, o rio, a ponte, lá está Agilulfo, que passa com seu cavalo de cascos ligeiros, toc-toc, toc-toc, pesa pouco aquele cavaleiro sem corpo, o cavalo pode fazer milhas e milhas sem se cansar, e o patrão é mesmo infatigável. Na ponte agora passa um galope pesado: tututum!, é Gurdulu, que segue adiante agarrado ao pescoço de seu cavalo, as duas cabeças tão próximas que não se sabe se o cavalo pensa com a cabeça do escudeiro ou o escudeiro com a do cavalo. Traço no papel uma linha reta, às vezes interrompida por ângulos, e é o percurso de Agilulfo. Esta outra linha cheia de garatujas e vaivéns é o caminho de Gurdulu. Quando vê esvoaçar uma borboleta, ele põe imediatamente o cavalo atrás dela, pensando estar montado no inseto e não no cavalo e assim sai da estrada e erra pelos campos. Agilulfo caminha para a frente, retilíneo, seguindo seu caminho. De vez em quando, os itinerários fora de rota de Gurdulu coincidem com atalhos invisíveis (ou é o cavalo que prefere uma senda própria, já que o seu palafreneiro não o guia) e depois de muitas voltas o vagabundo torna a encontrar-se ao lado do patrão na estrada principal.

Aqui na margem do rio vou assinalar um moinho. Agilulfo se detém para perguntar o caminho. A moleira responde gentilmente e lhe oferece vinho e pão, mas ele os recusa. Só aceita ração para o cavalo. A estrada é poeirenta e ensolarada; os bons moleiros se admiram que o cavalo não tenha sede.

Quando ele volta a galopar, chega, com o barulho de um regimento a galope, Gurdulu.

— Será que viram o patrão?
— E quem é seu patrão?
— Um cavaleiro... não: um cavalo...
— Está a serviço de um cavalo?
— Não... é meu cavalo que está a serviço de um cavalo...
— E quem cavalga aquele cavalo?
— Ééé... não se sabe.
— E este cavalo, quem o cavalga?
— Ora! Pergunte a ele!
— E nem você quer comer e beber?
— Sim, sim! Comer! Beber! — E se empanturra.

O que desenho agora é uma cidade cercada por muralhas. Agilulfo deve atravessá-la. Na entrada, os guardas querem que ele descubra o rosto; têm ordens de não deixar passar ninguém com o rosto oculto, pois poderia ser o bandido feroz que ataca nos arredores. Agilulfo se recusa, terça armas com os guardas, força a passagem, escapa.

Além da cidade, o que vou tracejando é um bosque. Agilulfo faz batidas para cima e para baixo até desencovar o terrível bandido. Desarma-o, amarra-o bem e o arrasta perante os esbirros que não queriam deixá-lo passar.

— Aqui está, de mãos e pés atados, quem tanto temiam!

— Oh, seja abençoado, cavaleiro branco! Mas diga-nos quem é e por que mantém abaixada a celada do elmo.

— Meu nome se encontra no final desta viagem — diz Agilulfo, e foge.

Na cidade uns dizem que é um anjo e outros, alma do purgatório.

— O cavalo corria ligeiro — alguém comenta — como se não carregasse ninguém.

Aqui onde termina o bosque, passa outra estrada, que também conduz à cidade. É a estrada que Bradamante percorre. Diz aos moradores:

— Procuro um cavaleiro de armadura branca. Sei que está aqui.

— Não. Não está — respondem.

— Se não está, é exatamente ele.

— Então vá procurá-lo onde está. Daqui saiu correndo.

— Verdade que o viram? Uma armadura branca que parece trazer um homem dentro...

— E quem seria, além de um homem?

— Alguém que é mais que qualquer outro homem!

— As coisas que fazem me parecem diabruras — diz um velho —, incluindo você, ó cavaleiro da voz doce, maviosa!

Bradamante esporeia com força.

Pouco depois, na praça da cidade, é Rambaldo quem freia seu cavalo.

— Viram passar um cavaleiro?

— Qual? Já vimos dois e você é o terceiro.

— O que corria atrás do outro.

— É verdade que um deles não é um homem?

— O segundo é uma mulher.

— E o primeiro?

— Nada.

— E você?

— Eu? Eu... sou um homem.
— Benza Deus!

Agilulfo cavalgava seguido por Gurdulu. Uma moça apareceu correndo na estrada, a cabeleira ao vento, as roupas dilaceradas, e ajoelhou-se. Agilulfo freou o cavalo.

— Socorro, nobre cavaleiro — implorava ela —, a meia milha daqui, um feroz bando de ursos assedia o castelo de minha senhora, a nobre viúva Priscila. Somos apenas poucas mulheres indefesas morando no castelo. Ninguém mais pode entrar nem sair. Desci com uma corda pelas ameias e escapei das garras daquelas feras por milagre. Ó cavaleiro, venha libertar-nos!

— Minha espada está sempre a serviço das viúvas e das criaturas desamparadas — respondeu Agilulfo. — Gurdulu, acomode na sela esta jovem que nos levará ao castelo de sua senhora.

Andavam por um caminho alcantilado. O escudeiro seguia adiante, mas nem sequer olhava a estrada; o peito da mulher sentada entre seus braços despontava rosado e cheio dos rasgões do vestido e Gurdulu ali se perdia.

A moça virava-se para observar Agilulfo.

— Que nobre postura tem seu patrão! — disse.

— Uh, uh — respondeu Gurdulu, e estendia uma das mãos para aquele seio macio.

— É tão senhor de si e altivo em cada palavra e em cada gesto... — dizia ela, sempre com os olhos em Agilulfo.

— Uh — repetia Gurdulu e com as duas mãos, mantendo as rédeas no pulso, tentou entender como uma pessoa podia ser tão sólida e macia ao mesmo tempo.

— E a voz — dizia ela — cortante, metálica...

Da boca de Gurdulu saía só uma sequência de ganidos pesados, mesmo porque ela estava enterrada entre o pescoço e as costas da jovem e se perdia naquele perfume.

— Imagine como ficará feliz minha patroa em ser libertada dos ursos justamente por ele... Oh, como a invejo... Ouça aqui: estamos saindo da estrada! Que se passa, escudeiro, está distraído?

Numa curva do caminho, um eremita estendia a cuia da esmola. Agilulfo, que a todo mendigo que encontrava fazia em geral a caridade na medida fixa de três moedas, deteve o cavalo e procurou na bolsa.

— Abençoado seja, cavaleiro — disse o eremita embolsando as moedas e fez-lhe sinal para que se inclinasse a fim de falar-lhe ao ouvido —, vou recompensá-lo já, alertando-o: tenha cuidado com a viúva Priscila! Esta história dos ursos é uma armadilha: é ela própria quem os alimenta, para fazer-se libertar pelos mais valentes cavaleiros que passam pela estrada principal e atraí-los ao castelo para satisfazer sua lascívia insaciável.

— Será conforme diz, irmão — respondeu Agilulfo —, mas sou um cavaleiro e seria descortês subtrair-me ao pedido formal de socorro de uma mulher em lágrimas.

— Não teme as chamas da luxúria?

Agilulfo estava meio embaraçado.

— Bem, depois veremos...

— Sabe o que resta de um cavaleiro após uma estada naquele castelo?

— O quê?

— A resposta está diante de seus olhos. Também eu fui cavaleiro, também eu salvei Priscila dos ursos, e eis-me aqui. — Na verdade, estava em péssimas condições.

— Sua experiência será importante para mim, irmão, mas enfrentarei a prova. — E Agilulfo arrancou, alcançando Gurdulu e a criada.

— Não sei o que tanto têm para conversar estes eremitas — disse a moça ao cavaleiro. — Em nenhuma categoria de religiosos nem de leigos há tanta conversa e tanta maledicência.

— Há muitos eremitas por aqui?

— Está cheio. E sempre se agrega algum novo.

— Não serei um deles — sublinhou Agilulfo. — Apressemo-nos.

— Ouço o rosnar dos ursos — exclamou a donzela. — Tenho medo! Deixem-me descer e esconder-me atrás desta sebe.

Agilulfo irrompe na clareira onde surge o castelo. Tudo em volta está preto de ursos. Ao ver cavalo e cavaleiro, rangem os dentes e se comprimem lado a lado para barrar-lhes o caminho.

Agilulfo carrega, agitando a lança. Espeta alguns, tonteia outros, esmaga outros mais. Gurdulu chega a cavalo e os persegue com o espeto. Em dez minutos aqueles que não ficaram estirados como tapetes foram esconder-se nas florestas mais profundas.

Abriu-se a porta do castelo.

— Nobre cavaleiro, poderá minha hospitalidade retribuir-lhe tudo o que lhe devo? — No umbral se apresentara Priscila, cercada por suas damas e criadas. (Entre elas estava a jovem que acompanhara os dois até lá; não se entende como, já estava em casa e não mais trajava as roupas rotas de antes mas um belo avental limpo.)

Agilulfo, seguido por Gurdulu, penetrou no castelo. A viúva Priscila não era muito alta, não tinha carnes em excesso, era bem distribuída, o peito não exagerado mas posto bem em destaque, certos olhos negros que chispavam, em resumo, uma mulher que tem alguma coisa a dizer. Estava ali, diante da armadura branca de Agilulfo, satisfeita. O cavaleiro ficou frio, mas era tímido.

— Cavaleiro Agilulfo Emo Bertrandino dos Guildiverni — enfatizou Priscila —, já conheço seu nome e sei bem quem é e quem *não* é.

Diante de tal introdução, Agilulfo, como livre de um mal-estar, deixou a timidez de lado e assumiu uma expressão confiante. Mesmo assim, inclinou-se, dobrou um joelho no chão, disse: "Às suas ordens", e ergueu-se de um salto.

— Ouvi falar tanto do senhor — disse Priscila — e há muito era meu desejo ardente encontrá-lo. Que milagre o trouxe para uma estrada tão remota?

— Viajo para localizar antes que seja tarde demais — disse Agilulfo — uma virgindade de quinze anos atrás.

— Jamais escutei falar de um desafio cavalheiresco que tivesse um objetivo tão fugidio — disse Priscila. — Mas, se já decorreram quinze anos, não tenho escrúpulos em retardá-lo uma noite mais, pedindo-lhe que se hospede em meu castelo. — E colocou-se ao lado dele.

As outras mulheres permaneceram todas com os olhos fixos nele, até que desapareceu com a castelã por um corredor de salas. Então se viraram para Gurdulu.

— Oh, que lindo pedaço de palafreneiro! — exclamam, batendo palmas. Ele fica ali como um parvo, e se coça. — Pena que tenha pulgas e cheire tão mal! — dizem. — Vamos, rápidas, ao banho! — Levam-no para suas dependências e o despem inteiramente.

Priscila conduzira Agilulfo a uma mesa preparada para duas pessoas.

— Conheço sua temperança habitual, cavaleiro — disse-lhe —, mas não sei como começar a fazer-lhe as honras a não ser convidando-o para sentar-se à mesa. Certamente — acrescenta maliciosa — os sinais de gratidão que pretendo oferecer-lhe não terminam aqui.

Agilulfo agradeceu, acomodou-se em frente à castelã, desfez algumas migalhas de pão entre os dedos, ficou alguns minutos em silêncio, limpou a voz, e pôs-se a falar de generalidades.

— Realmente estranhas e afortunadas, senhora, as venturas que tocam a um cavaleiro errante. Além do mais, elas podem agrupar-se em vários tipos. Primeiro... — E assim conversa, afável, preciso, informado, às vezes fazendo aflorar uma suspeita de excessiva meticulosidade, porém logo corrigida pela maneira volúvel com que passa a falar de outros temas, intercalando entre as frases sérias tiradas de espírito e brincadeiras sempre de boa matriz, dando sobre os fatos e as pessoas juízos nem muito favoráveis nem demasiado contrários, de tal modo que possam ser partilhados pela interlocutora, à qual oferece o ensejo de exprimir-se, encorajando-a com perguntas elegantes.

— Oh, que conversador delicioso — diz Priscila, e se deleita.

De repente, assim como se pusera a discorrer, Agilulfo mergulha no silêncio.

— É hora de iniciar os cantos — anuncia Priscila e bate palmas.

Entraram na sala as tocadoras de alaúde. Uma entoou a canção que diz: "O licorne colherá a rosa"; depois aquela outra: "Jasmin, veulliez embellir le beau coussin".

Agilulfo tem palavras de apreço pelas músicas e pelas vozes.

Um bando de jovenzinhas entrou dançando. Traziam túnicas leves e pequenas guirlandas nos cabelos. Agilulfo acompanhava a dança batendo suas luvas de ferro na mesa de modo ritmado.

Não menos festivas eram as danças que tinham lugar noutra ala do castelo, nas dependências das damas de companhia. Seminuas, as jovens mulheres jogavam bola e pretendiam que Gurdulu participasse do jogo. O escudeiro, também ele vestido com uma túnica leve que aquelas mulheres lhe haviam emprestado, em vez de ficar no seu lugar esperando que a bola lhe fosse lançada, corria atrás delas e tentava apoderar-se delas, de qualquer maneira, jogando-se com o corpo mole sobre uma e outra donzela, e em alguns lances muitas vezes era levado por outra inspiração e rolava com a mulher num dos leitos macios dispostos ali em volta.

— Oh, que está fazendo? Não, não, cavalão! Ah, vejam o que está me fazendo, não, quero jogar bola, ha! ha! ha!

Gurdulu já não entendia mais nada. Entre o banho morno que o haviam obrigado a tomar, os perfumes e aquelas carnes brancas e rosadas, agora seu único desejo era o de fundir-se na fragrância geral.

— Ha, ha, está aqui de novo, uh, meu deus, mas vejam só, aaah...

As outras jogavam bola como se nada estivesse acontecendo, brincavam, riam, cantavam:

— Olá olá, a lua voando lá no alto...

A donzela que Gurdulu colocara à parte, após um último grito prolongado voltava ao seio das companheiras, com o rosto um tanto afogueado, meio tonta e rindo, batendo palmas:

— Vamos, vamos, aqui para mim! — recomeçava a jogar.

Não demorava muito, e Gurdulu rolava para cima de outra.

— Largue, xô, xô, mas que chato, mas que impetuoso, não, assim me machuca, ouça... — E sucumbia.

Outras mulheres e jovens que não estavam participando dos jogos sentavam-se em bancos e conversavam:

— ... E porque Filomena, sabem?, estava com ciúmes de Clara, mas ao contrário... — E se sentia agarrar pela cintura. — Uh, que susto!... ao contrário, dizia, Viligelmo parece que andava com Eufêmia... mas para onde está me levando...? — Gurdulu carregava-a nas costas. — ... Entenderam? Entretanto, aquela outra louca, com seu ciúme de sempre... — continuava a tagarelar e a gesticular a mulher, balançando nas costas de Gurdulu, e desaparecia.

Não passava muito tempo e voltava, descabelada, uma alça arrancada, e recomeçava, direto:

— Digo-lhes que é exatamente assim, Filomena fez essa cena com Clara, mas o outro...

Nesse ínterim, dançarinas e músicas haviam se retirado do salão de banquetes. Agilulfo demorou para explicar à castelã as composições que os músicos do imperador Carlos Magno executavam com mais frequência.

— O céu está ficando nublado — observou Priscila.
— É noite, é noite profunda — admitiu Agilulfo.
— O quarto que lhe reservei...
— Grato. Ouça o rouxinol lá no parque.
— O quarto que lhe reservei... é o meu...
— Sua hospitalidade é requintada... O rouxinol canta daquele carvalho. Vamos até a janela.

Ergueu-se, passou-lhe o braço de ferro pela cintura, recostou-se à sacada. O canto dos rouxinóis lhe deu ensejo para uma série de referências poéticas e mitológicas.

Mas Priscila cortou secamente:

— Em suma, o rouxinol canta por amor. E nós...
— Ah! o amor! — gritou Agilulfo com um sobressalto de voz tão brusco que Priscila ficou assustada. E ele, de repente, lançou-se numa dissertação sobre a paixão amorosa. Priscila estava ternamente excitada; apoiando-se no braço dele, empurrou-o para um quarto dominado por um grande leito com baldaquino.

— Entre os antigos, sendo o amor considerado um deus... — continuava Agilulfo, sem parar.

Priscila fechou a porta dando duas voltas na chave, aproximou-se dele, inclinou a cabeça sobre a couraça e disse:

— Sinto um pouco de frio, a lareira está apagada.

— A opinião dos antigos — disse Agilulfo —, se era melhor amar-se em quartos frios ou quentes, é controversa. Mas o conselho da maioria...

— Oh, como o senhor conhece tudo sobre o amor... — ciciava Priscila.

— O conselho da maioria, excluindo os ambientes sufocantes, tende para uma tepidez natural...

— Devo chamar as mulheres para acender o fogo?

— Acenderei eu mesmo. — Examinou a lenha empilhada na lareira, elogiou a chama de uma e de outra madeira, enumerou os vários modos de acender fogos ao ar livre ou em lugares fechados. Um suspiro de Priscila o interrompeu; como se percebesse que estes novos discursos estavam dispersando a trepidação amorosa que se fora criando, Agilulfo começou rapidamente a florear o discurso a respeito dos fogos com referências, comparações e alusões ao calor dos sentimentos e dos sentidos.

Agora Priscila sorria, com os olhos semicerrados, estendia a mão em direção à chama que começava a crepitar e dizia:

— Que calor gratificante... como deve ser doce apreciá-lo entre os cobertores, deitados...

O tema da cama sugeriu a Agilulfo uma nova série de observações: segundo ele, a difícil arte de arrumar a cama é desconhecida das criadas francesas e nos palácios mais nobres só se encontram lençóis mal esticados.

— Oh não, diga-me, minha cama também...? — perguntou a viúva.

— Certamente a sua é uma cama de uma rainha, superior a qualquer outra nos territórios imperiais, mas permita que meu desejo de vê-la cercada só por coisas dignas da senhora, em cada mínimo detalhe, me leve a considerar com preocupação esta dobra...

— Oh, esta dobra! — gritou Priscila, já tomada pela mania de perfeição que Agilulfo lhe transmitia.

Desfizeram a cama camada por camada, descobrindo e recriminando pequenos caroços, tufos, partes excessivamente esticadas ou frouxas, e esta busca se tornava ora uma aflição lancinante ora uma subida a céus cada vez mais altos.

Desfeita a cama até o enxergão, Agilulfo começou a refazê-la conforme as regras. Era uma operação elaborada: nada devia ser feito ao acaso, e entram em ação estratagemas secretos. Ele ia explicando tudo prolixamente à viúva. Mas de vez em quando havia algo que o deixava insatisfeito, e então recomeçava de novo.

Das outras alas do castelo ressoou um grito, ou melhor, um mugido ou zurro, incontido.

— O que foi? — sobressaltou-se Priscila.

— Nada, é a voz de meu escudeiro — disse ele.

Àquele grito misturavam-se outros mais agudos, como suspiros berrados que subiam até as estrelas.

— E agora, o que é? — se perguntou Agilulfo.

— Oh, são as moças — disse Priscila —, brincam... sabe como é, a juventude.

E continuavam a arrumar a cama, dando atenção de vez em quando aos rumores da noite.

— Gurdulu grita...

— Que barulheira estas mulheres...

— O rouxinol...

— Os grilos...

Enfim a cama estava no ponto, sem defeitos. Agilulfo se virou para a viúva. Estava nua. As roupas haviam descido castamente para o chão.

— Às damas despidas se sugere — declarou Agilulfo —, como a mais sublime emoção dos sentidos, abraçar-se a um guerreiro de armadura.

— Bravo: vem ensinar logo a mim! — protestou Priscila.
— Não nasci ontem! — E, assim dizendo, deu um pulo e agarrou-se em Agilulfo, apertando pernas e braços ao redor da couraça.

Experimentou, um depois do outro, todos os modos pelos quais uma armadura pode ser abraçada e a seguir, languidamente, entrou na cama.

Agilulfo ajoelhou-se à cabeceira.

— Os cabelos — disse.

Ao despir-se, Priscila não desfizera o penteado volumoso de sua cabeleira escura. Agilulfo começou a explicar a grande importância dos cabelos soltos na exaltação dos sentidos.

— Vamos experimentar.

Com movimentos decididos e delicados de suas mãos de ferro, soltou-lhe o castelo de tranças, fazendo com que a cabeleira rolasse sobre o peito e as costas.

— Porém — acrescentou —, certamente tem maior malícia quem prefere a dama de corpo desnudo mas com a cabeça não só bem arrumada, mas também enfeitada com véus e diademas.

— Vamos tentar de novo?

— Eu vou penteá-la. — Penteou-a, e demonstrou sua destreza ao fazer tranças, enrolá-las e fixá-las na cabeça com grampos. Depois preparou um faustoso penteado de véus e mimos. Assim se passou uma hora, mas Priscila, quando ele lhe ofereceu o espelho, jamais se vira tão linda.

Convidou-o a deitar-se ao seu lado.

— Dizem que Cleópatra todas as noites — disse ele — sonhava ter na cama um guerreiro de armadura.

— Nunca experimentei — confessou ela. — Todos a tiram antes.

— Bem, agora vai provar. — E lentamente, sem amarrotar os lençóis, entrou totalmente armado na cama e estendeu-se composto como num sepulcro.

— E nem desamarra a espada do boldrié?

— A paixão amorosa não conhece meio-termo.

Priscila fechou os olhos, extasiada.

Agilulfo ergueu-se sobre um cotovelo.

— O fogo solta fumaça. Vou verificar por que a lareira não puxa.

Na janela, despontava a lua. Ao voltar da lareira para a cama, Agilulfo se deteve:

— Senhora, vamos até os espaldões desfrutar desta tardia luz prateada.

Cobriu-a com seu manto. Abraçados, subiram para a torre. A lua espargia prata sobre a floresta. Cantava a coruja. Algumas janelas do castelo ainda estavam iluminadas e dali partiam de vez em quando gritos, risadas ou gemidos e o zurro do escudeiro.

— Toda a natureza é amor...

Voltaram ao quarto. A lareira estava quase apagada. Agacharam-se para soprar as brasas. Ficando tão próximos, os joelhos rosados de Priscila tocaram as joelheiras metálicas dele, nascia uma nova intimidade, mais inocente.

Quando Priscila tornou a se deitar, a janela já era acariciada pelas primeiras luzes do dia.

— Nada transfigura o rosto de uma mulher como os raios da aurora — disse Agilulfo, mas, a fim de que o rosto ficasse mais bem iluminado, foi obrigado a deslocar cama e baldaquino.

— Como estou? — perguntou a viúva.

— Belíssima.

Priscila sentia-se feliz. Mas o sol subia rápido e, para acompanhar os raios, Agilulfo devia mudar continuamente a posição da cama.

— É a aurora — disse. Sua voz já mudara. — Meu dever de cavaleiro exige que a esta hora eu me ponha a caminho.

— Já! — gemeu Priscila. — Logo agora!

— Lamento, gentil dama, mas sou chamado para uma tarefa mais séria.

— Oh, mas era tudo tão lindo...

Agilulfo inclinou o joelho.

— Priscila, dê-me sua bênção. — Levanta-se, chama o escudeiro. Percorre o castelo inteiro e finalmente o descobre, acabado, meio morto, numa espécie de canil. — Rápido, na sela! — Mas tem de arrastá-lo. O sol, continuando sua rota, recorta as duas figuras a cavalo contra o ouro das folhas do bosque: o escudeiro equilibrado feito um saco, o cavaleiro ereto e aprumado como a sombra de um choupo.

Damas de companhia e criadas acorreram, cercando Priscila.

— Como foi, senhora, como foi?

— Oh, uma coisa, se soubessem! Um homem, um homem...

— Mas conte-nos, como é?

— Um homem... um homem... Uma noite, incessante, um paraíso...
— Mas o que fez? O que fez?
— Como poderia dizer-lhes? Oh, lindo, lindo...
— Mesmo sendo daquele jeito, é? Contudo... conte...
— Agora não saberia como... Tantas coisas... E vocês, melhor, com aquele escudeiro...?
— Hein? Oh, nada, não sei, talvez você? Não: você! Que nada, não lembro...
— Mas como?, ouvíamos vocês, minhas caras...
— Mas, quem sabe, pobrezinho, não recordo, nem eu consigo, talvez você... mas: eu? Senhora, conte-nos sobre ele, o cavaleiro, hein?, como era Agilulfo?
— Oh, Agilulfo!

9

EU, QUE ESCREVO ESTE LIVRO RECORRENDO a documentos quase ilegíveis de uma crônica antiga, só agora me dou conta de que preenchi páginas e páginas e ainda me encontro no início da minha história: doravante teremos o verdadeiro andamento do enredo, isto é, as viagens aventurosas de Agilulfo e de seu escudeiro para localizar a prova da virgindade de Sofrônia, as quais se entrelaçam com as de Bradamante perseguidora e perseguida, de Rambaldo apaixonado e de Torrismundo em busca dos cavaleiros do Graal. Mas este fio, em vez de fluir veloz entre meus dedos, eis que afrouxa, que se interrompe, e, se penso em quanto ainda tenho de pôr no papel de itinerários e obstáculos e perseguições e enganos e duelos e torneios, sinto que me perco. Eis como a disciplina de escrivã de convento e a penitência assídua de procurar palavras e meditar sobre a substância última das coisas me transformaram: aquilo que o vulgo — e eu própria até aqui — tem como delícia suprema, isto é, o enredo de aventuras em que consiste todo romance de cavalaria, agora me parece uma guarnição supérflua, um adorno frio, a parte mais ingrata de minha punição.

Gostaria de correr a narrar, narrar rapidamente, historiar em cada página duelos e batalhas quantos fossem necessários a um poema, mas, se me detenho e tento reler, dou-me conta de que a pena não deixou marcas no papel e as páginas continuam brancas.

Para escrever como gostaria, seria preciso que esta página branca se tornasse dura de rochas avermelhadas, se desfizesse numa areiazinha espessa, pedregosa, e aí crescesse uma densa vegetação de zimbros. No meio, onde serpenteia um caminho irregular, faria passar Agilulfo, ereto na sela, de lança em riste. Mas além de paisagem rupestre essa página deveria ser ao mesmo tempo cúpula de céu achatada aqui em cima, tão baixa que no meio só haveria lugar para um voo grasnante de corvos. Com a pena eu teria de chegar a incidir sobre a folha, mas com leveza, pois o prado deveria surgir sendo percorrido pelo deslizar de uma serpente invisível na grama, e o bosque atravessado por uma lebre que agora desemboca na clareira, se detém, fareja ao redor com os bigodes curtos, já desapareceu.

Cada coisa se move na página lisa sem que se veja nada, sem que nada mude em sua superfície, como no fundo tudo se move e nada muda na crosta rugosa do mundo, pois só existe uma extensão da mesma matéria, exatamente como a página em que escrevo, uma extensão que se contrai e se decanta em formas e consistências diversas e em vários matizes mas que ainda pode se representar espalmada numa superfície plana, inclusive em seus aglomerados pilosos, cheios de penugem ou nodosos como um casco de tartaruga, e tal pilosidade, penudez ou nodosidade às vezes parece que se mexe, ou seja, há mudanças das relações entre as várias qualidades distribuídas na dimensão da matéria uniforme ao redor, sem que nada se desloque substancialmente. Podemos dizer que o único que de fato efetua uma deslocação aqui é Agilulfo, não digo o seu cavalo, não digo a sua armadura, mas aquele algo sozinho, preocupado consigo mesmo, impaciente, que está viajando a cavalo dentro da armadura. Em volta dele, as pinhas caem do galho, os riachos correm entre os seixos, os peixes nadam nos riachos, as lagartas roem as folhas, as tartarugas agitam-se com o ventre duro no chão, mas é apenas uma ilusão de movimento, um perpétuo virar-se e revirar-se como a água das ondas. E nessa onda se vira e se revira Gurdulu, prisioneiro do tapete das coisas, espalmado também ele na mesma massa com as pinhas os peixes as lagartas as pedras as folhas, mera excrescência da crosta do mundo.

Quanto me é mais difícil registrar neste papel a corrida de Bradamante ou a de Rambaldo ou a do taciturno Torrismundo! Seria necessário que houvesse na superfície uniforme um levíssimo aflorar, como se pode conseguir riscando a folha por baixo com um alfinete, e esse aflorar, essa tendência fosse sempre carregada e encharcada da massa geral do mundo e justamente ali estivesse o sentido, a beleza e a dor, e ali o verdadeiro atrito e movimento.

Mas como posso prosseguir com a história, se me ponho a trilhar assim a página branca, escavando dentro vales e depressões, fazendo percorrerem-na enrugações e arranhaduras, lendo nelas as cavalgadas dos paladinos? Melhor seria, para ajudar-me a narrar, se me desenhasse um mapa dos lugares, com a suave terra da França, e a orgulhosa Bretanha, e o canal da Inglaterra cheio de vagalhões negros, e lá em cima a alta Escócia, e aqui embaixo os ásperos Pireneus, e a Espanha ainda em mãos infiéis, e a África mãe de serpentes. Depois, com flechas e com cruzinhas e com números poderia assinalar o caminho deste ou daquele herói. Eis que já posso, com uma linha rápida não obstante algumas reviravoltas, fazer aportar Agilulfo na Inglaterra e fazê-lo orientar-se para o mosteiro onde há quinze anos se enclausurou Sofrônia.

Chega, e o mosteiro é um amontoado de ruínas.

— O senhor chegou muito tarde, nobre cavaleiro — diz um velho —, estes vales ainda ressoam os gritos daquelas desventuradas. Uma frota de piratas mouros, desembarcada nestas costas, saqueou o mosteiro não faz muito tempo, levou as religiosas como escravas e pôs fogo nas muralhas.

— Levou-as? Para onde?

— Escravas para serem vendidas no Marrocos, meu senhor.

— Dentre aquelas irmãs estava uma que no século era filha do rei da Escócia, Sofrônia?

— Ah, está falando de irmã Palmira! Se estava entre elas? Aqueles velhacos logo a carregaram nas costas! Não mais uma jovenzinha, mas sempre bastante insinuante. Lembro-me dela como se fosse hoje, gritando arrebatada por aqueles animais sinistros.

— Presenciou o saque?

— Como não?, nós, da aldeia, todos sabem, estamos sempre na praça.

— E não ofereceram socorro?

— A quem? Bem, meu senhor, que está cobrando?, assim tão de repente... não tínhamos comando, nem experiência... Entre fazer e fazer mal, achamos melhor não fazer.

— Mas, diga-me, essa Sofrônia, no convento, levava uma vida piedosa?

— Hoje em dia há freiras de todos os tipos, mas irmã Palmira era a mais piedosa e casta de todo o bispado.

— Rápido, Gurdulu, vamos ao porto e embarquemos para o Marrocos.

Tudo isso que agora assinalo com pequenas linhas onduladas é o mar, ou melhor, o oceano. Agora desenho o navio em que Agilulfo viaja, e aqui ao lado desenho uma enorme baleia, com a tira de papel e a legenda "Mar oceano". Esta flecha indica o percurso do navio. Posso também fazer uma outra flecha que indique o percurso da baleia; pronto: se encontram. Assim, nesse ponto do oceano vai acontecer o choque da baleia com o navio e, como desenhei a baleia maior, o navio há de levar a pior. Agora desenho tantas flechas cruzadas em todas as direções para significar que neste ponto entre a baleia e o navio decorre uma batalha feroz. Agilulfo combate com seus pares e enterra sua lança num flanco do cetáceo. Um jato nauseante de óleo de baleia o atinge, o que represento com estas linhas divergentes. Gurdulu salta sobre a baleia e se esquece do navio. A um golpe da cauda, o navio vira. Com a armadura de ferro, Agilulfo só pode ir direto a pique. Antes de ser totalmente submerso pelas ondas, grita para o escudeiro:

— Dê um jeito de chegar ao Marrocos! Vou a pé!

De fato, mergulhando milhas e milhas de profundidade, Agilulfo desce em pé sobre a areia do fundo do mar e começa a caminhar com bom ritmo. Frequentemente encontra monstros marinhos e deles se defende com golpes de espada. O único inconveniente para uma armadura no fundo do mar vocês também sabem qual é: a ferrugem. Mas, tendo sido untada da cabeça aos pés com óleo de baleia, a armadura branca tem um estrato de gordura que a mantém intacta.

No oceano, agora desenho uma tartaruga. Gurdulu engoliu uma pinta de água salgada antes de entender que não é o mar que deve estar dentro dele mas ele é que deve estar no mar; e finalmente agarrou-se ao casco de uma grande tartaruga marinha.

Um pouco deixando-se transportar, um pouco tratando de dirigi-la com arranhadelas e beliscões, aproxima-se da costa africana. Aqui se emaranha numa rede de pescadores sarracenos.

Ao puxar as redes para bordo, os pescadores veem surgir no meio de um saltitante cardume de salmonetes um homem com roupas mofadas, recoberto de ervas marinhas.

— O homem-peixe! O homem-peixe! — gritam.

— Que homem-peixe que nada: é Gudi-Ussuf! — diz o chefe dos pescadores. — É Gudi-Ussuf, eu o conheço!

De fato, Gudi-Ussuf era um dos nomes com que se designava Gurdulu no circuito das cozinhas maometanas, quando sem perceber superava as linhas e se encontrava nos acampamentos do sultão. O chefe dos pescadores fora soldado do exército mouro em terras de Espanha; conhecendo Gurdulu de físico robusto e ânimo dócil, levou-o junto para transformá-lo num pescador de ostras.

Certa noite, estavam os pescadores, e Gurdulu no meio deles, sentados nas pedras da costa marroquina, abrindo uma a uma as ostras pescadas, quando da água emerge um penacho, um elmo, uma couraça, em resumo, uma armadura inteira que, caminhando, dirige-se para a praia passo a passo.

— O homem-lagosta! O homem-lagosta! — gritam os pescadores, correndo cheios de medo para se esconder entre os escolhos.

— Que homem-lagosta que nada! — diz Gurdulu. — É meu patrão! Deve estar morto de cansaço, cavaleiro. Fez todo o mar a pé!

— Não estou nem um pouco cansado — replica Agilulfo. — E você, o que faz aqui?

— Procuramos pérolas para o sultão — intervém o ex-soldado —, que toda noite deve presentear uma mulher diferente com uma pérola nova.

Possuindo trezentos e sessenta e cinco mulheres, o sultão visitava uma por noite; portanto, cada mulher era visitada uma vez por ano. Àquela que visitava, ele costumava levar uma pérola de presente, por isso todos os dias os mercadores deviam entregar-

-lhe uma pérola fresca fresca. Dado que naquele dia os mercadores haviam esgotado seu estoque, tinham se dirigido aos pescadores e pedido que lhes procurassem uma pérola a todo custo.

— O senhor que consegue caminhar tão bem no fundo do mar — disse a Agilulfo o ex-soldado —, por que não se associa ao nosso empreendimento?

— Um cavaleiro não se associa a empreendimentos que tenham como objetivo o lucro, em especial se conduzidos por inimigos de sua religião. Agradeço-lhe, ó pagão, por ter alimentado e salvado meu escudeiro, mas que o seu sultão, hoje à noite, não possa presentear com nenhuma pérola a sua tricentésima sexagésima quinta esposa não me interessa uma vírgula.

— Importa muito a nós, que seremos açoitados — respondeu o pescador. — Esta noite não será uma noite nupcial como as outras. É a vez de uma esposa nova, que o sultão vai visitar pela primeira vez. Foi comprada há quase um ano de certos piratas, e esperou até agora seu turno. Não é recomendável que o sultão se apresente de mãos vazias, ainda mais porque se trata de uma correligionária sua, Sofrônia da Escócia, de estirpe real, trazida para o Marrocos como escrava e imediatamente destinada ao gineceu de nosso soberano.

Agilulfo não demonstrou sua emoção.

— Encontrarei um jeito de livrá-los da enrascada — disse. — Que os mercadores proponham ao sultão levar à nova esposa não a pérola habitual, mas um presente que possa aliviar sua nostalgia do país distante: isto é, uma armadura completa de guerreiro cristão.

— E onde encontraremos tal armadura?

— A minha! — disse Agilulfo.

Sofrônia aguardava que chegasse a noite em seu quarto no palácio das mulheres. Da grade da janela em forma de cúspide observava as palmeiras do jardim, os chafarizes, os canteiros. O sol baixava, o almuadem clava seu grito, nos jardins abriam-se as flores perfumadas do pôr do sol.

Batem à porta. Chegou a hora! Não, são os eunucos de sempre. Trazem um presente da parte do sultão. Uma armadura.

Uma armadura inteiramente branca. Que significará? De novo sozinha, Sofrônia voltou para a janela. Há quase um ano achava-se ali. Assim que fora comprada como noiva, haviam lhe destinado o turno de uma mulher recém-repudiada, um turno que se concretizaria após mais de onze meses. Estar ali no gineceu sem fazer nada, um dia depois do outro, era um tédio pior que o do convento.

— Não tema, nobre Sofrônia — disse uma voz atrás dela. Virou-se. Era a armadura que falava. — Sou Agilulfo dos Guildiverni, que já uma vez salvou sua imaculada virtude.

— Oh, ajude-me! — estremecera a noiva do sultão. E logo, recompondo-se: — Ah, sim, parecia-me que esta armadura branca não me era desconhecida. Foi o senhor quem chegou no momento certo, anos atrás, para impedir que um bandido abusasse de mim...

— E agora chego no momento certo para salvá-la do opróbrio das núpcias pagãs.

— De acordo... E é sempre o senhor...

— Agora, protegida por esta espada, irei acompanhá-la fora dos domínios do sultão.

— Sim... Entendo...

Quando os eunucos vieram para anunciar a chegada do sultão, foram atravessados pelo fio da espada. Coberta por um manto, Sofrônia corria ao lado do cavaleiro. Os intérpretes deram o alarme. Pouco puderam as pesadas cimitarras contra a espada exata e ágil da couraça branca. E o seu escudo suportou bem o assalto das lanças de todo um pelotão. Gurdulu esperava com os cavalos atrás de uma figueira-da-índia. No porto, uma faluca já estava pronta para partir rumo às terras cristãs. Do convés, Sofrônia via as palmeiras da praia que se afastavam.

Agora desenho, aqui no mar, a faluca. Vou fazê-la um pouco maior que o navio de antes, para que, mesmo que encontre a baleia, não ocorram desastres. Com esta linha curva assinalo o percurso da faluca que gostaria de fazer chegar até o porto de Saint-Malo. O problema é que aqui na altura do golfo de Biscaia há uma tal confusão de linhas secantes que é melhor fazê-

-la passar um pouco mais para cá, aqui por cima, bem aqui, e eis que vai se chocar contra os escolhos da Bretanha! Naufraga, vai a pique e, com dificuldade, Agilulfo e Gurdulu conseguem levar Sofrônia a salvo para a margem.

Sofrônia está cansada. Agilulfo decide mantê-la protegida numa gruta e junto com o escudeiro alcançar o acampamento de Carlos Magno para anunciar que a virgindade ainda está intacta e por conseguinte a legitimidade de seu nome. Agora, marco a gruta com uma cruz neste ponto da costa bretã para poder reencontrá-la depois. Não sei o que significa esta linha que também passa pelo mesmo ponto: meu mapa já é um intrincado de linhas que correspondem ao percurso de Torrismundo. Assim, o jovem pensativo passa exatamente por aqui, ao passo que Sofrônia jaz na caverna. Também ele se aproxima da gruta, entra e a vê.

10

COMO É QUE TORRISMUNDO CHEGARA LÁ? No período em que Agilulfo fora da França para a Inglaterra, da Inglaterra para a África e da África para a Bretanha, o suposto filho dos duques da Cornualha percorrera para cima e para baixo as florestas das nações cristãs em busca do acampamento secreto dos cavaleiros do Santo Graal. Como de ano em ano a sagrada ordem costuma trocar suas instalações e não evidencia nunca sua presença aos profanos, Torrismundo não encontrava nenhum indício para prosseguir seu itinerário. Andava ao acaso, indo atrás de uma sensação remota que para ele era uma coisa que se confundia com o nome do Graal; mas era a ordem dos pios cavaleiros que procurava, ou melhor, perseguia a lembrança de sua infância nas matas da Escócia? Às vezes, o imprevisto abrir-se de um vale negro de lariços ou um abismo de rochas cinzentas no fundo do qual reboava uma torrente branca de espuma enchiam-no de uma comoção inexplicável, que ele considerava uma advertência. "Pronto, talvez eles estejam aqui, andam por perto." E, se daquele sítio se elevava um som longínquo e grave de berrante, então Torrismundo não tinha mais dúvidas, punha-se a bater cada saliência palmo a palmo procurando um indício. No máximo encontrava algum caçador perdido ou um pastor com seu rebanho.

Tendo chegado à remota terra da Curvaldia, deteve-se numa aldeia e pediu àqueles rústicos a caridade de um pouco de ricota e de pão preto.

— Se tivéssemos, daríamos de boa vontade, senhorzinho — disse um pastor de cabras —, mas olhe para mim, minha mulher e os filhos, veja como estamos esqueléticos! As obrigações que devemos aos cavaleiros já são tantas! Este bosque está cheio de colegas seus, embora vestidos de maneira diferente. Há um regimento inteiro e, quando se trata de abastecer-se, já sabe, desabam todos sobre nós!

— Cavaleiros que moram no bosque? E como se vestem?

— O manto é branco, o elmo é de ouro, com duas asas brancas de cisne nas laterais.

— E são muito pios?

— Oh, pios são até demais. E não sujam as mãos com dinheiro porque não têm um centavo. Mas necessidades têm muitas, e a nós toca obedecer! Agora, só nos resta o jejum: é a carestia. Quando aparecerem da próxima vez, que lhes daremos?

O jovem já corria rumo ao bosque.

Entre os prados, pelas águas calmas de um riacho, passava um lento bando de cisnes. Torrismundo caminhava pela margem, seguindo-os. Do meio das copas ressoou um arpejo: "Flin, flin, flin!". O jovem ia adiante e o som parecia ora segui-lo ora precedê-lo: "Flin, flin, flin!". Onde as árvores rareavam, apareceu uma figura humana. Era um guerreiro com o elmo guarnecido de asas brancas que segurava uma lança e junto uma pequena harpa na qual, a intervalos, ensaiava aquele acorde: "Flin, flin, flin!". Não disse nada; seus olhares não evitavam Torrismundo, mas lhe passavam por cima como se não o percebessem, embora parecessem acompanhá-lo: quando troncos e arbustos os separavam, fazia-o reencontrar o caminho chamando-o com um de seus arpejos: "Flin, flin, flin!". Torrismundo gostaria de falar com ele, fazer-lhe perguntas, mas o seguia mudo e intimidado.

Desembocaram numa clareira. Por todos os lados havia guerreiros armados com lanças, usando couraças de ouro, envoltos em longos mantos brancos, imóveis, cada um virado para uma direção diferente, com o olhar no vazio. Um deles alimentava um cisne com grãos de milho, voltando os olhos para outros lugares.

A um novo arpejo do músico, um guerreiro a cavalo respondeu alçando o chifre e emitindo um longo chamado. Quando silenciou, todos os guerreiros se mexeram, deram alguns passos em sua direção e pararam de novo.

— Cavaleiros... — Torrismundo encheu-se de coragem para falar —, desculpem-me, talvez me engane, mas vocês não seriam os cavaleiros do Gra...

— Não pronuncie nunca o nome deles! — interrompeu uma voz às suas costas. Um cavaleiro, de cabelos grisalhos, estava parado perto dele. — Não lhe basta ter vindo perturbar o nosso recolhimento?

— Oh, perdoe-me! — o jovem dirigiu-se a ele. — Estou tão contente por ter chegado até vocês! Se soubessem quanto os procurei!

— Por quê?

— Porque... — e a ansiedade de proclamar seu segredo foi mais forte que o temor de cometer um sacrilégio — ... porque sou filho de vocês!

O cavaleiro ancião permaneceu impassível.

— Aqui não se conhecem pais nem filhos — disse após um momento de silêncio. — Quem entra para a sagrada ordem abandona todos os parentescos terrenos.

Torrismundo, mais que repudiado, sentiu-se desiludido: talvez tivesse previsto uma repulsa desdenhosa por parte daqueles seus castos pais, e então teria contraposto aduzindo provas, invocando a voz do sangue; mas essa resposta tão calma, que não negava a possibilidade dos fatos mas excluía qualquer discussão por uma questão de princípio, era desencorajadora.

— Não tenho outra aspiração além de ser reconhecido filho desta sagrada ordem — tentou insistir —, pela qual nutro uma admiração infinita!

— Se admira tanto nossa ordem — disse o ancião —, não deveria ter outra aspiração além de ser admitido como parte dela.

— E seria possível, diz o senhor? — exclamou Torrismundo, imediatamente atraído pela nova perspectiva.

— Quando você tivesse se tornado digno.

— O que é preciso fazer?

— Purificar-se gradualmente de todas as paixões e deixar-se possuir pelo amor do Graal.

— Oh, o senhor o pronunciou, o nome?

— Nós, cavaleiros, podemos; vocês, profanos, não.

— Mas diga-me: por que todos aqui se calam e o senhor é o único que fala?

— É a mim que toca a tarefa das relações com os profanos. Sendo as palavras frequentemente impuras, os cavaleiros preferem abster-se delas, a não ser para deixar falar o Graal por meio de seus lábios.

— Diga-me: que devo fazer para começar?

— Vê aquela folha de bordo? Uma gota de orvalho ali está pousada. Fique parado, imóvel, e fixe aquela gota sobre a folha, funda-se nela, esqueça todas as coisas do mundo naquela gota, até sentir que se perdeu e que está penetrado pela força infinita do Graal.

E deixou-o ali. Torrismundo olhou fixamente para a gota, olhou, olhou, pensou em seus problemas, viu uma aranha que caía na folha, olhou para a aranha, olhou para a aranha, voltou a olhar para a gota, mexeu um pé que formigava, ufa!, estava aborrecido. Ao redor, apareciam e desapareciam no bosque cavaleiros que davam passos lentos, de boca aberta e olhos esbugalhados, acompanhados por cisnes cuja plumagem sedosa de vez em quando acariciavam. De repente, algum deles alargava os braços e dava uma corridinha, soltando um grito profundo.

— E aqueles ali — Torrismundo não pôde deixar de perguntar ao ancião, que reaparecera nas proximidades —, que se passa com eles?

— O êxtase — disse o ancião —, isto é, algo que você não conhecerá jamais se for tão distraído e curioso. Aqueles irmãos enfim atingiram a comunhão completa com o todo.

— E os outros? — perguntou o jovem. Certos cavaleiros andavam rebolando, como atingidos por doces arrepios, e faziam beicinho.

— Ainda se encontram num estado intermediário. Antes de sentir-se uma coisa só com o sol e as estrelas, o noviço sente como se tivesse dentro de si apenas as coisas mais próximas, porém muito intensamente. Isso, em especial nos mais jovens, provoca certo efeito. Naqueles nossos irmãos que você vê, o correr do riacho, o sussurrar das árvores, o crescimento subterrâneo dos cogumelos produzem uma espécie de cócega muito lenta e agradável.

— E com o passar do tempo, não se cansam?

— Pouco a pouco, atingem os estados superiores, em que não são mais somente as vibrações mais próximas a ocupá-los, mas o grande respiro dos céus, e bem devagar afastam-se dos sentidos.

— Acontece o mesmo com todos?

— Com poucos. E de modo completo com apenas um de nós, o Eleito, o rei do Graal.

Haviam chegado a um espaço aberto onde um grande número de cavaleiros fazia exercícios de armas diante de uma tribuna com baldaquino. Sob o baldaquino estava sentado, ou melhor, enroscado, imóvel, alguém que parecia, mais que um homem, uma múmia, vestida também com o uniforme do Graal, mas de aparência mais faustosa. Os olhos estavam abertos, ou melhor, arregalados, no rosto ressecado como uma castanha.

— Mas está vivo? — indagou o jovem.

— Está vivo, mas já se acha tão possuído pelo amor do Graal que não precisa mais comer, nem se mover, nem fazer suas necessidades, nem quase respirar. Não vê nem sente. Ninguém conhece seus pensamentos: na certa refletem o percurso de planetas distantes.

— E por que o obrigam a assistir a uma parada militar, se não enxerga?

— Isso faz parte dos ritos do Graal.

Os cavaleiros se exercitavam entre si em assaltos de esgrima. Mexiam as espadas intermitentemente, olhando no vazio, e seus passos eram duros e imprevistos como se não pudessem prever nunca o que fariam um instante depois. Contudo, não erravam um golpe.

— Mas como podem combater, com aquele ar de sonâmbulos?

— É o Graal que existe em nós quem move nossas espadas. O amor pelo universo pode tomar formas de tremendo furor e levar-nos a espetar amorosamente os inimigos. Nossa ordem é invencível na guerra justamente porque combatemos sem fazer esforços nem opções, mas deixando que o sacro furor se desencadeie por meio de nossos corpos.

— E dá sempre certo?

— Sim, para quem perdeu todo resíduo de vontade humana e deixa que exista somente a força do Graal para mover cada gesto mínimo.

— Cada gesto mínimo? Mesmo agora que está caminhando?

O ancião avançava como um sonâmbulo.

— Certamente. Não sou eu quem move meu pé: deixo que seja movido. Experimente. Todos começam assim.

Torrismundo tentou, mas — primeiro — não havia jeito de conseguir e — segundo — não sentia nenhum prazer. Havia o bosque, verde e frondoso, pleno de movimentos suaves e chiados, onde gostaria de correr, libertar-se, bater atrás de caça miúda, opor àquela sombra, àquele mistério, àquela natureza estranha, ele próprio, sua força, seu cansaço, sua coragem. Ao contrário, devia ficar ali balançando como um paralítico.

— Deixe-se possuir — admoestava o ancião —, deixe-se possuir pelo todo.

— Mas a mim, para dizer a verdade — desabafou Torrismundo —, o que me daria prazer seria eu possuir e não ser possuído.

O velho cruzou os cotovelos sobre o rosto de modo a tapar ao mesmo tempo olhos e ouvidos.

— Você ainda tem muita estrada pela frente, rapaz.

Torrismundo permaneceu no acampamento do Graal. Esforçava-se por aprender, imitar seus pais ou irmãos (não sabia mais como chamá-los), tratava de sufocar todo movimento de ânimo que lhe parecesse demasiado individual, de fundir-se na comunhão com o amor infinito do Graal, ficava atento para captar qualquer indício mínimo daquelas sensações inefáveis que conduziam os cavaleiros ao êxtase. Mas os dias passavam e sua purificação não dava um passo à frente. Tudo aquilo que agradava a eles incomodava-o: aquelas vozes, aquelas músicas, aquele estar sempre ali prontos para vibrar. E sobretudo a vizinhança contínua dos coirmãos, vestidos daquela maneira, seminus com a couraça e o elmo de ouro, com as carnes brancas brancas, alguns meio envelhecidos, outros jovens delicados, melindrosos, ciumentos, suscetíveis, tornava-se cada vez mais antipática para ele. E, ainda por cima com a história de que era o Graal a movê--los, abandonavam-se a qualquer relaxamento dos costumes e se julgavam sempre puros.

O pensamento de que ele podia ter sido gerado assim, com os olhos fixos no vazio, sem sequer considerar o que faziam, esquecendo-se logo de tudo, resultava-lhe insuportável.

Chegou o dia da cobrança dos impostos. Todas as aldeias dos arredores deviam entregar em prazos fixos aos cavaleiros do Graal um certo número de fôrmas de ricota, cestos de cenouras, sacos de cevada e carneiros tenros.

Apresentou-se uma embaixada de camponeses.

— Nós queremos dizer que as colheitas, em todas as terras da Curvaldia, foram magras. Não sabemos nem como matar a fome de nossos filhos. A carestia atinge tanto o rico quanto o pobre. Piedosos cavaleiros, estamos aqui humildemente para pedir--lhes que, desta vez, nos perdoem os impostos.

O rei do Graal, sob o baldaquino, estava calado e imóvel como sempre. A certa altura, lentamente, separou as mãos que trazia cruzadas sobre a barriga, levantou-as para o céu (tinha unhas muito compridas) e sua boca disse:

— Iiiih...

Ao ouvir aquele som, todos os cavaleiros avançaram de lanças em riste contra os pobres curvaldos.

— Socorro! Vamos nos defender! — gritaram eles. — Vamos correr para armar-nos de machados e foices! — E se dispersaram.

Os cavaleiros, com os olhares dirigidos aos céus, ao som de berrantes e de outros instrumentos, marcharam sobre as aldeias da Curvaldia durante a noite.

Das fileiras de lúpulo e das sebes pulavam aldeões armados com forcados, foices e podadeiras, tentando cortar-lhes a passagem. Mas pouco puderam contra as lanças inexoráveis dos cavaleiros. Superadas as linhas desfeitas dos defensores, eles se lançaram com os pesados cavalos de guerra contra as cabanas de pedra, palha e barro, destruindo-as sob os cascos, surdos aos gritos das mulheres, dos vitelos e das crianças. Outros cavaleiros seguravam tochas acesas e ateavam fogo nos tetos, nos depósitos de feno, nas estrebarias, nos celeiros miseráveis, até que as aldeias ficassem reduzidas a fogueiras que eram só gritos e prantos.

Torrismundo, arrastado pela corrida dos cavaleiros, estava transtornado.

— Alguém me diga, por quê? — gritava para o ancião, indo atrás dele, como se fosse o único que podia ouvi-lo. — Então não é verdade que estejam cheios de amor pelo todo! Ei! atenção, estão atacando aquela velha! Como têm coragem de investir sobre restos humanos? Socorro, as chamas atingem aquele berço! Mas o que estão fazendo?

— Não queira interferir nos desígnios do Graal, noviço! — advertiu o ancião. — Não somos nós quem faz isso; é o Graal, que está em nós, que nos move! Entregue-se ao seu amor furioso!

Mas Torrismundo descera da sela, preparava-se para socorrer uma mãe, devolver-lhe aos braços uma criança caída.

— Não! Não me levem toda a colheita! Trabalhei tanto! — berrava um velho.

Torrismundo ficou ao lado dele.

— Largue o saco, bandido! — E atirou-se sobre um cavaleiro, arrancando-lhe o que roubara.

— Bendito seja! Está conosco! — disseram alguns daqueles infelizes que ainda tentavam com forcados, facões e machados, armar a defesa atrás de um muro.

— Coloquem-se em semicírculo, vamos atacá-los todos juntos! — berrou-lhes Torrismundo e se colocou à frente da milícia civil curvalda.

Agora expulsava os cavaleiros para fora das casas. Encontrou-se frente a frente com o ancião e outros dois armados de tochas.

— É um traidor, prendam-no!

Armou-se uma enorme confusão. Os curvaldos batiam com os espetos de assar, e as mulheres e crianças com pedras. De repente, soou o berrante.

— Retirada! — Em face da reação dos aldeões, haviam recuado em vários pontos e agora deixavam o local.

Até aquele pelotão que cercava Torrismundo de perto retrocedeu.

— Meia-volta, irmãos! — gritou o ancião —, deixemo-nos conduzir aonde nos leva o Graal!

— Que triunfe o Graal! — gritaram em coro os outros, virando as rédeas.

— Viva! Você nos salvou! — E os camponeses se amontoavam ao redor de Torrismundo. — É um cavaleiro, porém generoso! Finalmente aparece um! Fique conosco! Diga o que quer: nós lhe daremos!

— Agora... aquilo que quero... nem eu sei mais... — gaguejava Torrismundo.

— Nem nós sabíamos nada, nem que éramos seres humanos, antes desta batalha... E agora parece que podemos... queremos... devemos fazer tudo... Mesmo que seja difícil... — E se voltavam para chorar seus mortos.

— Não posso ficar com vocês... Não sei quem sou... Adeus... — E já galopava.

— Volte! — gritava-lhe aquela gente, mas Torrismundo já se afastava da aldeia, do bosque do Graal, da Curvaldia.

Retomou sua vagabundagem por outros países. Até então, desdenhara todas as honras e prazeres, admirando como único ideal somente a Sagrada Ordem dos Cavaleiros do Graal. E agora que aquele ideal se desvanecera, que meta poderia dar à sua inquietude?

Alimentava-se de frutos selvagens nos bosques, de sopa de feijão nos conventos que encontrava pelo caminho, de ouriços-do-mar nas costas rochosas. E na praia da Bretanha, justamente quando procurava ouriços numa gruta, eis que vislumbra uma mulher adormecida.

Aquele desejo que o levara pelo mundo, de lugares aveludados por uma vegetação macia, percorridos por um baixo vento rasante e de limpas jornadas sem sol, eis que finalmente, ao ver aqueles cílios longos e negros abaixados sobre a face arredondada e pálida, a suavidade daquele corpo abandonado, e a mão pousada no seio transbordante, e os suaves cabelos soltos, e o lábio, e as ancas, o dedo do pé, a respiração, agora parece que aquele desejo se apazigua.

Inclinado sobre ela, estava observando-a quando Sofrônia abriu os olhos.

— Não me faça mal — disse, docemente. — Que procura entre estes escolhos desertos?

— Estou procurando algo que sempre me faltou e só agora que a vejo sei o que é. Como chegou até esta praia?

— Fui forçada a núpcias, sendo ainda monja, com um sequaz de Maomé, porém elas não foram consumadas porque, sendo eu a tricentésima sexagésima quinta, uma intervenção de armas cristãs me trouxe até aqui, vítima, por sinal, de um naufrágio na viagem de volta, bem como de um saque de piratas ferocíssimos na ida.

— Entendo. E está sozinha?

— Do que consegui entender, o salvador foi até o acampamento imperial para tomar algumas providências.

— Gostaria de oferecer-lhe a proteção de minha espada, mas temo que o sentimento que me inflamou ao vê-la se transforme em propósitos que possa considerar pouco honestos.

— Oh, não tenha escrúpulos, sabe?, já passei por tantas. Se bem que, quando se chega ao ponto, aparece o salvador, sempre ele.

— Chegará também desta vez?

— Bem, não é certeza.

— Como se chama?

— Azira; ou irmã Palmira. Conforme fosse no gineceu do sultão ou no convento.

— Azira, tenho a sensação de tê-la amado sempre... de já ter me perdido em você...

11

CARLOS MAGNO CAVALGAVA RUMO à costa da Bretanha.
— Vamos lá, vamos lá, Agilulfo dos Guildiverni, fique calmo. Se o que me disseram, se essa mulher ainda carrega a mesma virgindade que tinha há quinze anos, nada a criticar; foi armado cavaleiro com pleno direito, e aquele jovem queria enganar-nos. Para certificar-me, mandei incluir em nosso séquito uma comadre especializada em questões de mulheres; para estas coisas nós, soldados, bem, não temos muito jeito...

A velhota, montada no cavalo de Gurdulu, balbuciava:
— Sim, sim, Majestade, será feito da melhor maneira, mesmo que nasçam gêmeos... — Era surda e não havia ainda entendido de que se tratava.

Na gruta, entram em primeiro lugar dois oficiais do séquito, com tochas. Voltam desconcertados:
— Sire, a virgem jaz num amplexo com um jovem soldado.
Os amantes são levados à presença do imperador.
— Você, Sofrônia! — grita Agilulfo.
Carlos Magno manda erguer o rosto do jovem.
— Torrismundo!
Torrismundo salta na direção de Sofrônia.
— Você é Sofrônia? Ah, minha mãe!
— Conhece este jovem, Sofrônia? — pergunta o imperador.
A mulher inclina a cabeça, pálida.
— Se é Torrismundo, fui eu mesma quem o criou — diz com um fio de voz.
Torrismundo pula na sela.
— Cometi um incesto nefando! Nunca mais hão de me ver! — Esporeia e corre rumo ao bosque, pela direita.
Agilulfo esporeia por sua vez.

— Não voltarão a ver nem a mim! — diz. — Não tenho mais nome! Adeus! — E penetra no bosque, pela esquerda.

Todos ficaram consternados. Sofrônia mantém o rosto escondido entre as mãos.

Ouve-se um galope à direita. É Torrismundo que volta do bosque a toda a brida. Grita:

— Mas como? Mas se até há pouco era virgem? Como não pensei logo nisso? Era virgem! Não pode ser minha mãe!

— Poderia explicar-nos — diz Carlos Magno.

— Na verdade, Torrismundo não é meu filho, e sim meu irmão, ou melhor, meio-irmão — diz Sofrônia. — A rainha da Escócia, nossa mãe, estando o rei meu pai em guerra durante um ano, teve esse filho após um encontro fortuito, parece, com a Sagrada Ordem dos Cavaleiros do Graal. Tendo o rei anunciado seu retorno, aquela criatura pérfida (assim sou obrigada a julgar nossa mãe), com a desculpa de me mandar levar o irmãozinho para um passeio, fez com que me perdesse nos bosques. Urdiu uma terrível armadilha para o marido que estava a ponto de voltar. Disse-lhe que eu, com treze anos, fugira para dar à luz um pequeno bastardo. Travada por um duvidoso respeito filial, nunca traí aquele segredo de nossa mãe. Vivi no mato com o meio-irmão criança e foram para mim também anos livres e felizes, em relação àqueles que me aguardavam, no convento onde fui atirada pelos duques da Cornualha. Não conheci homem até hoje de manhã, com a idade de trinta e sete anos, e o primeiro encontro com um homem, ai de mim, acaba sendo um incesto...

— Vamos ver com calma em que ponto estão as coisas — diz Carlos Magno, conciliador. — O incesto é um fato, porém, entre meios-irmãos, não chega a ser dos mais graves...

— Não há incesto, Sacra Majestade! Anime-se, Sofrônia! — exclama Torrismundo, com o rosto radiante. — Nas pesquisas sobre minha origem, descobri um segredo que preferia ter guardado para sempre: aquela que eu pensava ser minha mãe, ou seja, você, Sofrônia, nasceu não da rainha da Escócia, mas filha natural do rei, da mulher de um feitor. O rei fez com que você fosse adotada por sua mulher, isto é, por aquela que agora sei ter sido minha mãe, e que era apenas sua madrasta. Enfim compreendo como ela, obrigada pelo rei a se passar por sua mãe a contragosto, não via a hora de se livrar de você; e o fez atribuindo-lhe o fruto de uma culpa passageira dela, ou seja, eu. Você, filha do rei da Escócia e de uma camponesa, eu, da rainha e da sagrada ordem, não temos nenhuma relação de sangue, mas apenas a ligação amorosa livremente estabelecida aqui há pouco e que espero ardentemente você queira continuar.

— Parece-me que tudo se resolve da melhor maneira... — diz Carlos Magno, esfregando as mãos. — Mas não percamos tempo em localizar aquele nosso bravo cavaleiro Agilulfo para garantir-lhe que o seu nome e o seu título não correm mais nenhum perigo.

— Irei eu, Majestade! — diz um cavaleiro correndo para a frente. É Rambaldo.

Entra no bosque. Grita:

— Cavaleirooo! Cavaleiro Agilulfooo! Cavaleiro dos Guildiverniii! Agilulfo Emo Bertrandino dos Guildiverni e dos Altri de Corbentraz e Sura, cavaleiro de Selimpia Citeriore e Feeez! Está tudo certooo! Vooolte! — Responde-lhe somente o eco.

Rambaldo começou a bater o bosque, atalho por atalho, e fora dos atalhos por despenhadeiros e torrentes, chamando, apurando os ouvidos, buscando um sinal, uma pegada. Eis uma pegada de ferradura. Num ponto, aparecem marcas mais fundas como se o animal tivesse parado. Dali as marcas dos cascos recomeçam mais leves, como se o cavalo tivesse sido solto. Mas do mesmo ponto afasta-se uma outra marca, pegadas de passos com sapatos de ferro. Rambaldo seguiu-as.

Controlava o fôlego. Chegou a uma clareira. Aos pés de um carvalho, espalhados pelo chão, havia um elmo virado com penacho cor de íris, uma couraça branca, coxotes braceletes manopla, enfim, todos os pedaços da armadura de Agilulfo, alguns arrumados como se houvesse a intenção de formar uma pirâmide ordenada, outros enrolados no solo confusamente. Amarrado na alça da espada, havia um bilhete: "Deixo esta armadura ao cavaleiro

Rambaldo de Rossiglione". Embaixo via-se um rabisco, como de uma assinatura iniciada e logo interrompida.

— Cavaleiro! — chama Rambaldo, dirigindo-se ao elmo, à couraça, ao carvalho, ao céu. — Cavaleiro! Retome a armadura! Sua patente no exército e seu grau de nobreza da França são incontestáveis! — E trata de recompor a armadura, colocá-la de pé, e continua a gritar: — Cavaleiro, agora foi reconhecido, ninguém mais pode negá-lo! — Nenhuma voz lhe responde. A armadura não para em pé, o elmo rola pelo chão. — Cavaleiro, resistiu por tanto tempo só com sua força de vontade, conseguiu fazer sempre de tudo como se existisse: por que render-se de repente? — Mas já não sabe para que lado virar-se: a armadura está vazia, não vazia como antes, esvaziada também daquele algo que se chamava o cavaleiro Agilulfo e que agora se dissolveu como uma gota no mar.

Rambaldo agora afrouxa sua couraça, despe-se, enfia a armadura branca, põe o elmo de Agilulfo, aperta na mão o escudo e a espada, salta a cavalo. Assim armado, apresenta-se ao imperador e ao séquito habitual.

— Ah, Agilulfo, voltou, tudo bem, hein?

Mas do interior do elmo responde outra voz.

— Não sou Agilulfo, Majestade! — A celada se ergue e surge o rosto de Rambaldo. — Do cavaleiro dos Guildiverni só restou a armadura branca e este papel que me garante sua posse. Não vejo a hora de entrar em combate!

As cornetas soam o alarme. Uma frota de falucas desembarcou um exército sarraceno na Bretanha. O exército franco corre para assumir posições.

— Seu desejo foi atendido — diz o rei Carlos —, é chegada a hora de lutar. Honre as armas que traz. Embora de temperamento difícil, Agilulfo sabia ser um soldado!

O exército franco resiste aos invasores, abre uma brecha na frente sarracena e o jovem Rambaldo é o primeiro a enfrentá-los. Peleja, golpeia, se defende, um pouco dá e um pouco leva. Dos maometanos, muitos comem poeira. Rambaldo espeta, um atrás do outro, tantos quantos se aproximam de sua lança. Já os pelotões invasores retrocedem, amontoam-se ao redor das falucas ancoradas. Perseguidos pelas armas dos francos, os derrotados ganham o largo, exceto aqueles que ficaram para embeber de sangue mouro a terra cinzenta da Bretanha.

Rambaldo sai da batalha vitorioso e incólume; mas a armadura, a cândida intacta impecável armadura de Agilulfo está toda enlameada, com espirros de sangue inimigo, salpicada de amassaduras, bossas, arranhões, cortes, o penacho meio depenado, o elmo torto, o escudo descascado justamente no meio do misterioso brasão. Agora o jovem a sente como armadura sua, dele, Rambaldo de Rossiglione; o primeiro mal-estar sentido ao vesti-la já vai longe: serve-lhe como uma luva.

Sozinho, galopa pela encosta de uma colina. Uma voz ressoa, aguda, do fundo do vale.

— Ei, aí em cima, Agilulfo!

Um cavaleiro vem correndo ao seu encontro. Sobre a armadura, traz uma sobreveste cor de pervinca. É Bradamante, que o está perseguindo.

— Cavaleiro branco, finalmente o encontrei!

"Bradamante, não sou Agilulfo: sou Rambaldo!", ele gostaria de gritar-lhe imediatamente, mas pensa que é melhor dizê-lo de perto, e volta ao cavalo para alcançá-la.

— Finalmente é você quem corre ao meu encontro, guerreiro inatingível! — exclama Bradamante. — Oh, pudesse eu vê-lo correr junto comigo, você também, o único homem cujos atos não são atirados por aí de qualquer jeito, improvisados, simplistas, como os da matilha que costuma me perseguir! — E, ao dizer isso, vira o cavalo e tenta escapar, porém girando sempre a cabeça para verificar se ele entra no jogo e corre atrás dela.

Rambaldo está impaciente para dizer-lhe: "Não se dá conta de que também eu sou um desajeitado, que cada gesto meu trai o desejo, a insatisfação, a inquietude? Mas o que também quero é apenas ser alguém que sabe o que deseja!", e para dizê-lo galopa atrás dela, que continua a rir e diz:

— Este é o dia que sempre sonhei!

Perdeu-a de vista. Surge um vale herboso e solitário. O cavalo dela está amarrado a uma amoreira. Tudo se assemelha àquela primeira vez que a perseguira e ainda não suspeitava que fosse uma mulher. Rambaldo desce do cavalo. Lá está: encontra-a reclinada num declive de musgo. Retirou a armadura, veste uma túnica curta cor de topázio. Ainda reclinada, abre-lhe os braços. Rambaldo avança na armadura branca. É chegado o momento de dizer-lhe: "Não sou Agilulfo, observe agora como a armadura pela qual se apaixonou se ressente do peso de um corpo, embora jovem e ágil como o meu. Não vê como esta couraça perdeu seu candor inumano e se tornou uma vestimenta dentro da qual se faz a guerra, exposta a todos os golpes, um paciente e útil instrumento?". Isso é o que gostaria de dizer-lhe, mas, ao contrário, fica ali com as mãos trêmulas, dá passos hesitantes na direção dela. Talvez a melhor coisa fosse revelar-se, tirar a armadura, afirmar-se como Rambaldo, agora, por exemplo, que ela mantém os olhos fechados, com uma espécie de sorriso de espera. O jovem arranca a armadura, ansioso: agora Bradamante, abrindo os olhos, o reconhecerá... Não: pousou uma das mãos no rosto como se não quisesse perturbar com o olhar o invisível aproximar-se do cavaleiro inexistente. E Rambaldo lança-se sobre ela.

— Oh, sim, tinha certeza! — exclama Bradamante, de olhos fechados. — Sempre soube que teria sido possível! — E se estreita a ele, e, numa febre comum aos dois, se unem. — Oh sim, oh sim, tinha certeza!

Agora que também isso terminou, é o momento de olharem-se nos olhos.

"Vai me ver", pensa rápido Rambaldo num lampejo de orgulho e esperança, "entenderá tudo, perceberá que foi justo e bonito assim e vai me amar por toda a vida!"

Bradamante abre os olhos.

— Ah, você!

Afasta-se do leito improvisado, empurra Rambaldo para trás.

— Você! Você! — grita com a boca cheia de raiva, os olhos lacrimejando — Você! Impostor!

Põe-se de pé, brande a espada, ergue-a contra Rambaldo, desce-lhe em cima, com a lâmina achatada, na cabeça, deixa-o tonto, e tudo aquilo que ele consegue dizer, levantando as mãos desarmadas talvez para se defender, talvez para abraçá-la, é:

— Ouça, ouça, será que não foi bom...? — Depois perde os sentidos, e só lhe chega confusamente o tropel do cavalo que parte.

Se infeliz é o apaixonado que invoca beijos cujo sabor não conhece, mil vezes mais infeliz é quem mal pôde saboreá-los e a seguir tudo lhe foi negado. Rambaldo continua sua vida de soldado intrépido. Onde mais intensa é a peleja, lá sua espada abre caminho. Se, no turbilhão das espadas, vê um lampejo cor de pervinca, acorre, "Bradamante!", grita, mas sempre em vão.

O único a quem gostaria de confessar suas penas desapareceu. Às vezes, circulando pelos bivaques, o modo de uma couraça ficar ereta sobre os flancos ou o repentino levantar-se de uma cotoveleira fazem-no estremecer, pois lhe recordam Agilulfo. E se o cavaleiro não tivesse se dissolvido, se houvesse encontrado uma outra armadura? Rambaldo se aproxima e diz:

— Não para ofendê-lo, colega, mas gostaria que levantasse a celada do elmo.

Todas as vezes, espera deparar com uma cavidade vazia: contudo, há sempre um nariz sobreposto a bigodes crespos.

— Desculpe — murmura e vai embora.

Alguém mais anda procurando Agilulfo: é Gurdulu, que, todas as vezes que descobre uma panela vazia ou um cano de chaminé ou uma tina, para e exclama:

— Senhor patrão! Comande, senhor patrão!

Sentado num gramado à beira de uma estrada, fazia um longo discurso no gargalo de um frasco quando uma voz o interpelou:

— O que procura aí dentro, Gurdulu?

Era Torrismundo que, celebradas solenemente as núpcias com Sofrônia, na presença de Carlos Magno, cavalgava com a esposa e um rico séquito pela Curvaldia, da qual fora armado conde pelo imperador.

— Procuro meu patrão — diz Gurdulu.

— Dentro daquele frasco?

— Meu patrão é alguém que não existe; assim, pode não estar tanto num frasco quanto numa armadura.

— Mas o seu patrão dissolveu-se no ar!

— Então, sou o escudeiro do ar?

— Se me seguir, será meu escudeiro.

Chegaram à Curvaldia. Não se reconhecia mais a região. Em lugar das aldeias haviam surgido cidades com palácios de pedra, e moinhos, e canais.

— Voltei, boa gente, para ficar com vocês...

— Viva! Bravo! Viva ele! Viva a esposa dele!

— Esperem para manifestar sua felicidade com a notícia que tenho para dar-lhes: o imperador Carlos Magno, a cujo nome sagrado doravante vocês se inclinarão, investiu-me do título de conde da Curvaldia!

— Ah... Mas... Carlos Magno...? Fala a sério...

— Não entendem? Agora têm um conde! Vou defendê-los de novo contra as prepotências dos cavaleiros do Graal!

— Oh, há bastante tempo já expulsamos aquela gente da Curvaldia! Veja, nós obedecemos durante tanto tempo... Mas agora percebemos que se pode viver bem sem dever nada a cavaleiros nem a condes... Cultivamos a terra, construímos oficinas para artesãos, moinhos, tratamos de fazer respeitar nossas leis, defender nossas fronteiras, enfim, vamos em frente, não temos do que nos lamentar. É um jovem generoso e não esquecemos o que fez por nós... Gostaríamos que ficasse aqui... mas de igual para igual...

— De igual para igual? Não me querem como conde? Mas é uma ordem do imperador, não entendem? É impossível que se recusem!

— É, sempre se diz assim: impossível... Mesmo livrar-se daqueles do Graal parecia ser impossível... E então só tínhamos podadeiras e forcados... Não queremos mal a ninguém, senhorzinho, especialmente a quem nos salvou... É um jovem valoroso, tem prática de tantas coisas que nós não sabemos... Se morar aqui, de igual para igual, sem praticar prepotências, quem sabe não acaba se tornando o primeiro entre nós...

— Torrismundo, estou cansada de tantas travessias — disse Sofrônia erguendo o véu. — Esta gente tem uma expressão ponderada e cortês e a cidade me parece mais bonita e mais bem abastecida do que tantas outras... Por que não procuramos chegar a um acordo?

— E nosso séquito?

— Todos poderiam ser cidadãos da Curvaldia — responderam os moradores —, e terão conforme o que produzirem.

— Terei de considerar igual a mim este escudeiro, Gurdulu, que nem sabe se existe ou não?

— Até ele aprenderá... Nem nós sabíamos que estávamos no mundo... Também a existir se aprende...

12

Livro, agora você chegou ao fim. Ultimamente, tenho escrito em ritmo acelerado. De uma linha para outra pulava entre as nações, os mares e os continentes. O que será esta fúria que se apossou de mim, esta impaciência? Dir-se-ia que estou à espera de alguma coisa. Mas que podem esperar as freiras, aqui enclausuradas justamente para ficar fora das ocasiões sempre cambiantes do mundo? O que mais posso esperar além de novas páginas a serem escritas e os costumeiros toques do sino do convento?

Pronto, ouve-se um cavalo subir pela estrada íngreme, eis que se detém exatamente na porta do mosteiro. O cavaleiro bate. De minha janelinha não dá para vê-lo, mas ouço a voz dele.

— Ei, boas irmãs, ei, ouçam!

Mas não será esta a voz ou me engano?, sim, é a mesma!, é a voz de Rambaldo que durante tanto tempo fiz ressoar nestas páginas! Rambaldo, o que deseja aqui?

— Ei, boas irmãs, saberiam dizer-me se encontrou refúgio neste convento uma guerreira, a famosa Bradamante?

Aí está, procurando Bradamante pelo mundo, Rambaldo havia de chegar logo aqui.

Distingo a voz da guardiã que responde:

— Não, soldado, aqui não há guerreiras, só mulheres pobres e piedosas que rezam para pagar seus pecados!

Agora sou eu quem corre à janela e grita:

— Sim, Rambaldo, aqui estou, espere-me, tinha certeza de que você viria, já estou descendo, partiremos juntos!

Às carreiras, arranco a touca, os panos do claustro, a sotaina de saio, tiro da arca minha túnica curta cor de topázio, a couraça, as caneleiras, o elmo, as esporas, a sobreveste pervinca.

— Espere por mim, Rambaldo, aqui estou, eu, Bradamante!

Sim, livro. A irmã Teodora, que narrava esta história, e a guerreira Bradamante são a mesma pessoa. Um tanto galopo pelos campos de guerra entre duelos e amores, outro tanto me encerro nos conventos, meditando e escrevendo as histórias que me ocorrem, para tentar entendê-las. Quando vim me trancar aqui estava desesperada de amor por Agilulfo, agora queimo pelo jovem e apaixonado Rambaldo.

Por isso, a certa altura, minha pena se pôs a correr. Corria ao encontro dele; sabia que não tardaria a chegar. A página tem o seu bem só quando é virada e há a vida por trás que impulsiona e desordena todas as folhas do livro. A pena corre empurrada pelo mesmo prazer que nos faz correr pelas estradas. O capítulo que começamos e ainda não sabemos que história vamos contar é como a encruzilhada que superamos ao sair do convento e não sabemos se nos vai colocar diante de um dragão, um exército bárbaro, uma ilha encantada, um novo amor.

Corro, Rambaldo. Não me despeço nem da abadessa. Já me conhecem e sabem que depois das batalhas, abraços e enganos retorno sempre a este claustro. Mas desta vez será diferente... Será...

De narradora no passado, e do presente que me tomava a mão nos trechos conturbados, aqui está, ó futuro, saltei na sela de seu cavalo. Quais estandartes novos você me traz dos mastros das torres de cidades ainda não fundadas? Quais fumaças de devastações dos castelos e dos jardins que amava? Quais imprevistas idades de ouro prepara, você, malgovernado, você, precursor de tesouros que custam muito caro, você, meu reino a ser conquistado, futuro...

ITALO CALVINO (1923-85) nasceu em Santiago de Las Vegas, Cuba, e foi para a Itália logo após o nascimento. Participou da resistência ao fascismo durante a guerra e foi membro do Partido Comunista até 1956. Publicou sua primeira obra, *A trilha dos ninhos de aranha*, em 1947.

OBRAS PUBLICADAS PELA COMPANHIA DAS LETRAS

Os amores difíceis
Assunto encerrado
O barão nas árvores
O caminho de San Giovanni
O castelo dos destinos cruzados
O cavaleiro inexistente
As cidades invisíveis
Coleção de areia
Contos fantásticos do século XIX (org.)
As cosmicômicas
O dia de um escrutinador
Eremita em Paris
A especulação imobiliária
Fábulas italianas

Um general na biblioteca
Marcovaldo ou As estações na cidade
Mundo escrito e mundo não escrito
Os nossos antepassados
Palomar
Perde quem fica zangado primeiro
Por que ler os clássicos
Se um viajante numa noite de inverno
Seis propostas para o próximo milênio —
   Lições americanas
Sob o sol-jaguar
Todas as cosmicômicas
A trilha dos ninhos de aranha
O visconde partido ao meio